L'HUMANITÉ PERDUE

Alain Finkielkraut

L'HUMANITÉ PERDUE

ESSAI

Éditions du Seuil

TEXTE INTÉGRAL

ISBN 2-02-033300-7
(ISBN 2-02-025623-1, 1re publication)

Le dernier des Justes

Pour faire partie du Kommando 98 d'Auschwitz, dit Kommando de Chimie, qui était une section de spécialistes, le chimiste Primo Levi dut passer un examen devant le Doktor Ingenieur Pannwitz.

« Pannwitz est grand, maigre, blond ; il a les yeux, les cheveux et le nez conformes à ceux que tout Allemand se doit d'avoir, et il siège, terrible, derrière un bureau compliqué. Et moi, le Häftling 174 517, je suis debout dans son bureau, qui est un vrai bureau, net, propre, bien en ordre, et il me semble que je laisserais sur tout ce que je pourrais toucher une trace malpropre.

« Quand il eut fini d'écrire, il leva les yeux sur moi et me regarda.

« Depuis ce jour-là, j'ai pensé bien des fois et de bien des façons au Doktor Pannwitz. Je me suis demandé ce qui pouvait bien se passer à l'intérieur de cet homme ; comment il occupait son temps en dehors de la Polymérisation et de la conscience indogermanique ; et surtout, quand j'ai été de nouveau un homme libre, j'ai désiré le rencontrer à nouveau, non pas pour me venger, mais pour satisfaire ma curiosité de l'âme humaine.

« Car son regard ne fut pas celui d'un homme à un autre homme ; et si je pouvais expliquer à fond la nature de ce regard, échangé comme à travers la vitre d'un aquarium entre deux êtres appartenant à deux mondes différents, j'aurais expliqué du même coup l'essence de la grande folie du Troisième Reich.

« Tout ce que nous pensions et disions des Allemands prit forme en cet instant. Le cerveau qui commandait à ces yeux bleus et à ces mains soignées disait clairement : “Ce quelque chose que j'ai là devant moi appartient à une espèce qu'il importe sans nul doute de supprimer. Mais dans le cas présent, il convient auparavant de s'assurer qu'il ne renferme pas quelque élément utilisable[1].” »

Le détenu qui se tient devant le bureau du Doktor Pannwitz n'est pas, pour celui-ci, un homme apeuré et misérable. Ce n'est pas non plus un homme dangereux, un homme inférieur, un homme infâme. Ce n'est ni un homme à corriger, ni un homme à enfermer, ni un homme à torturer, ni un homme à punir. Ce n'est même pas un homme à abattre. C'est un non-homme.

Les temps sont révolus où un usurier accablé de tous les péchés d'Israël pouvait encore s'exclamer : « Un Juif n'a-t-il pas des yeux ? Un Juif n'a-t-il pas un corps, des sens, des désirs, des émotions ? N'est-il pas nourri par la même nourriture, blessé par les mêmes armes, sujet aux mêmes maladies, guéri par les mêmes moyens, réchauffé ou refroidi par le même hiver et le même été qu'un

Chrétien ? Si vous nous piquez, est-ce que nous ne saignons pas ? Si vous nous chatouillez, est-ce que nous ne rions pas ? Si vous nous empoisonnez, est-ce que nous ne mourons pas [2] ? »

Dans le regard du Doktor Pannwitz, Primo Levi discerne l'anéantissement définitif de la communauté de destin et de la solidarité d'espèce qui, bon gré mal gré, reliaient à l'ignoble Shylock les hommes magnanimes. Celui dont le nom est « Häftling 174 517 » peut bien sangloter, saigner, sourire, souffrir, réussir ou échouer à son examen de chimie, un mur invisible et aussi étanche que la vitre d'un aquarium le sépare à jamais de l'humanité. L'exclusion, la diffamation, le sarcasme, la persécution et le massacre sont millénaires, mais cette impossibilité totale d'*en appeler à quelque chose* et cet engloutissement dans le *monde du silence* des tirades, des suppliques ou des plaintes proférées par tous les Shylock de la terre constituent la grande folie du Troisième Reich.

Folie d'autant plus folle et qui rend d'autant plus fou qu'elle n'est, en aucune manière, l'*autre de la raison*. Pannwitz n'a pas perdu contact avec la réalité. Il n'a pas largué les amarres. Son cerveau au fonctionnement impeccable saura détecter, dans l'être nuisible que la science indogermanique lui représente, l'être capable, instruit et performant. Mais, loin d'ouvrir au numéro 174 517 les portes de la ressemblance, ce test d'aptitude aggrave encore son objectivation. A sa qualité de déchet s'ajoute provisoirement celle de matériau, de moyen éventuellement exploitable. Avant de travailler à son élimination, il s'agit de l'insérer dans le processus de travail. Rentabilisation, liquidation : le même traitement industriel s'applique dans les deux cas. La productivité du détenu ne contredit pas sa nocivité. Il ne saurait, en aucune façon, se prévaloir de la compétence qui est la sienne pour réintégrer l'espèce humaine ou même pour sauver sa peau. L'intelligence de l'homme qui lui fait face, en effet, est une simple et redoutable instance d'exécution. Indifférente au pourquoi, méthodique et purement opérationnelle, elle s'acquitte avec le même bonheur de toutes les réponses aux questions qui commencent par « comment » : Comment mettre à contribution ? Comment mettre à mort ? Comment s'en servir ? Comment s'en débarrasser ? Contre cette fonctionnalité absolue, *même l'argument d'utilité n'est plus d'aucun secours*. En somme, c'est la raison instrumentale qui dans l'âme du Doktor Pannwitz a eu raison des exigences du sens moral et des évidences du sens commun. Et cette victoire est sa folie même.

Détenu en Allemagne dans un Kommando forestier pour prisonniers de guerre israélites, Emmanuel Lévinas était protégé par l'uniforme contre le déchaînement de la violence nazie. Il n'y avait aucune commune mesure entre ses conditions d'existence et celles que Primo Levi endurait à Auschwitz. Mais il a fait, lui aussi, l'expérience de l'aquarium : « Les autres hommes dits libres qui nous croisaient ou qui nous donnaient du travail ou des ordres ou même un sourire – et les enfants et les femmes qui passaient et qui, parfois, levaient les yeux sur nous – nous dépouillaient de notre peau humaine [...]. Force et misère de persécutés, un pauvre murmure intérieur nous rappelait notre essence raisonnable. Mais nous n'étions plus au monde [3]. »

Or, un jour, un chien sans feu ni lieu fit son apparition dans le stalag. Les prisonniers, qui rêvaient de l'Amérique et des Américains, appelèrent ce chien Bobby et Bobby prit l'habitude de les saluer d'un aboiement joyeux lors des rassemblements matinaux ainsi qu'au retour du travail. « Pour lui – c'était incontestable – nous fûmes des hommes. » Mais ce frêle réconfort ne pouvait durer : au bout de quelques semaines, les sentinelles chassèrent la bête importune et le « dernier kantien de l'Allemagne nazie » reprit son errance.

L'idée d'humanité oubliée par l'*animal rationale* et ne s'attestant plus que dans les effusions pataudes et bruyantes d'un animal amical dépourvu « du cerveau qu'il faut pour universaliser les maximes de ses pulsions [4] » : telle est, dans l'histoire de l'inhumain, la vertigineuse originalité du XXᵉ siècle.

CHAPITRE PREMIER

Qui est mon semblable ?

L'idée que tous les peuples du monde forment une seule humanité n'est pas, il est vrai, consubstantielle au genre humain. Ce qui a même longtemps distingué les hommes de la plupart des autres espèces animales, c'est précisément qu'*ils ne se reconnaissaient pas entre eux*. Un chat, pour un chat, a toujours été un autre chat. Un homme devait, à l'inverse, remplir certaines conditions draconiennes pour ne pas être radié, sans recours, du monde humain. Le propre de l'homme c'était, à l'origine, de réserver jalousement le titre d'homme à sa seule communauté.

Les Pannwitz seraient-ils la règle et non l'exception ? Dans une conférence prononcée à l'UNESCO moins de six ans après la capitulation inconditionnelle du régime dont le Doktor Pannwitz était l'un des fleurons, Claude Lévi-Strauss rappelle que « la notion d'humanité, englobant, sans distinction de race ou de civilisation, toutes les formes de l'espèce humaine, est d'apparition fort tardive et d'expansion limitée. Là même où elle semble avoir atteint son plus haut développement, il n'est nullement certain – l'histoire récente le prouve – qu'elle soit à l'abri des équivoques et des régressions. Mais pour de vastes fractions de l'espèce humaine et pendant des dizaines de millénaires, cette notion paraît être totalement absente. L'humanité cesse aux frontières de la tribu, du groupe linguistique, parfois même du village : à tel point qu'un grand nombre de populations dites primitives se désignent elles-mêmes d'un nom qui signifie "les hommes" (ou parfois – dirons-nous avec plus de discrétion ? – les "bons", les "excellents", les "complets"), impliquant ainsi que les autres tribus, groupes ou villages ne participent pas des vertus ou même de la nature humaines, mais sont tout au plus composés de "mauvais", de "méchants", de "singes de terre" ou d'"œufs de poux". On va souvent jusqu'à priver l'étranger de ce dernier degré de réalité en en faisant un "fantôme" ou une "apparition". Ainsi se réalisent de curieuses situations où deux interlocuteurs se donnent cruellement la réplique [1] ».

Sans doute ceux qui se désignent ainsi du nom d'« hommes » ne sont-ils pas aveugles aux ressemblances corporelles entre gens d'ici et gens d'ailleurs. Si malgré cette clairvoyance ils donnent aux étrangers des noms d'insectes ou des noms d'oiseaux, c'est qu'il ne suffit pas à leurs yeux d'avoir un faciès humain pour appartenir de plein droit à l'humanité. Encore faut-il vivre selon une tradition décidée et dictée par les dieux. Dans ces sociétés que la tradition gouverne, il n'y a pas de place pour le concept de tradition. La coutume est souveraine parce qu'elle n'est pas vécue comme coutume. La tirade de Shylock ne peut donc que tomber à plat. Sa pathétique invocation d'une confraternité élémentaire, sa référence éperdue à un socle commun de réactions et d'impulsions sont dénuées de tout pouvoir d'ébranlement. Des mains, des organes, un corps, des sens, des désirs, des émotions ; saigner quand on vous pique, rire sous les chatouilles et se venger des offenses : ces traits sont peut-être universellement humains, ils ne sont pas pour autant un sauf-conduit universel. Ils ne créent aucune identité d'appartenance entre groupes différents. C'est la manière de vivre, en effet, qui compte et qui, dans la masse indistincte des bipèdes volubiles, sépare sans discussion l'humain et le non-humain.

Notre civilisation doit à la Bible et à la philosophie la répudiation de cette évidence et la contestation de ce partage. Au peuple avec lequel Il entre en alliance et qu'Il accable d'invectives comme aucune autre divinité, sa nation chérie, le Dieu de la Bible déclare : « Règle absolue pour vos générations : vous et l'Étranger, vous serez égaux devant l'Éternel. » Le Dieu unique dévoile aux hommes l'unité du genre humain. Incroyable message, exorbitante révélation qui fait dire justement à Emmanuel Lévinas : « Le monothéisme n'est pas une arithmétique du Divin, il est le don, peut-être surnaturel, de voir l'homme semblable à l'homme sous la diversité des traditions historiques que chacun continue [2]. »

Née de cette question simple, immense et sacrilège : « Qu'est-ce que ? », la philosophie conduit à la même révélation, mais par la voie tout à fait autre de l'étonnement purement humain. Être, selon les mots de Goethe, « rempli d'un saisissement devant la réalité prodigieuse » que nul déjà-dit ne saurait désormais prévenir ; résister aux réponses transmises par les ancêtres pour se demander, avec un aplomb inaugural : « Qu'est-ce que le Vrai ? Qu'est-ce que le Juste ? Qu'est-ce que le Beau ? » ; ne plus dire : « Ceci est bon parce que c'est notre manière à nous », mais : « Où est le Bien, que nous puissions le servir ? », c'est faire place en soi pour un regard extérieur à soi. Les coutumes, qui jugeaient depuis la nuit des temps, se voient soudain citées à comparaître et jugées. Pour la première fois, il est possible de distinguer en elles l'essentiel du contingent et ce qui relève de la nature de ce qui procède de la convention. Au lieu d'être éprouvée comme vérité, la tradition est pensée comme telle, et l'extraordinaire notion qui émerge ou qui se laisse deviner sous l'effet de cette mise à distance est celle d'*humanité – une*. Que mes coutumes ressortissent par un certain côté à la convention, cela veut dire que j'aurais pu en suivre d'autres sans cesser pour autant d'appartenir au genre humain. Mon humanité, en d'autres termes, ne colle plus à mes manières : quelle raison aurais-je, dès lors, de débouter du nom d'« hommes » ceux dont les usages se trouvent diverger des miens ?

Avec le surgissement de la philosophie, la vérité n'est plus enchaînée à la tradition : elle vaut identiquement pour tous ceux que la tradition n'aveugle plus. Elle sollicite, en tout lieu, sous tous les climats, l'accord des âmes raisonnables. Alors que les mythes racontaient des histoires jadis arrivées aux dieux, la grande affaire de la philosophie naissante est de découvrir la nature. Mais la nature que divulgue et qu'explore cette nouvelle passion de connaître est une nature *ordonnée*. Les anciennes cosmogonies cèdent la place à une cosmologie majestueuse. Un univers hiérarchisé s'offre au regard résolu qui abolit le règne des grands récits de l'origine ; il y a un haut et un bas dans le monde, pour le spectateur désintéressé et affranchi des données traditionnelles : « En bas, se trouve le théâtre de la génération et de la corruption des choses qui proviennent des quatre éléments et qui y font retour. En haut, règne un cinquième élément, incorruptible, qui se meut en cercle, de par sa nature propre. En bas, les événements ne peuvent se répéter à l'identique. Tout au plus forment-ils un cycle, comme les eaux, les saisons, les espèces animales. Mais aucun individu ne subsiste éternellement. En haut, les astres sont éternels comme individus. En bas, tout va à vau-l'eau ; en haut, “tout n'est qu'ordre et beauté” [3]. »

Ainsi, la sphère céleste n'est pas seulement un espace, c'est un modèle. On trouve dans le resplendissement de l'intangible un exemple à méditer autant qu'un savoir à acquérir. Indissolublement physique et éthique, l'ordre stellaire intime à l'homme, la plus noble des créatures d'en bas, de lever les yeux et de se régler sur les astres pour conduire sa vie. Ce que découvre le philosophe, quand il regarde l'univers, c'est l'image visible de la perfection. Dans ce qui s'appelle alors philosophie, l'ontologie ne se distingue pas de l'axiologie, la démarche théorique ne peut être séparée de l'aspiration à la grandeur d'âme : la science antique relève non de la curiosité, mais de l'ascèse. Jamais cette pensée n'isole le travail intellectuel du souci d'élévation. Comprendre le monde selon le vrai, c'est simultanément le comprendre selon le bien ; connaître la nature, c'est vouloir l'imiter : et cette imitation n'est possible qu'à celui qui a fait l'effort de connaître. Comme l'a écrit Platon dans un texte promis à un retentissement considérable et à une longue postérité : « Ce n'est qu'après avoir étudié à fond les mouvements célestes, après avoir acquis le pouvoir de les calculer correctement en conformité avec ce qui se passe dans la nature et après avoir imité les mouvements du dieu, mouvements qui n'errent absolument pas, que nous pourrons stabiliser les mouvements qui, en nous, ne cessent de vagabonder[4]. »

Les « mouvements qui, en nous, ne cessent de vagabonder » sont les élans ou les impulsions du corps. Pour se mettre en harmonie avec l'admirable règne du repos astronomique, il faut donc subordonner le corps à l'autorité de l'âme et la partie affective ou sensible de notre être à sa partie rationnelle. Mais il n'est pas donné à tout le monde de parvenir à cette stabilité souveraine. Suivant les parts respectives en eux du terrestre et du céleste, les hommes sont plus ou moins éloignés du modèle naturel. D'où la conclusion célèbre d'Aristote : « quand les hommes diffèrent entre eux autant qu'une âme diffère d'un corps et un homme d'une brute [...], ceux-là sont par nature des esclaves pour qui il est préférable de subir l'autorité d'un maître. Est, en effet, esclave par nature celui qui est apte à être la chose d'un autre (et c'est pourquoi il l'est en fait) et qui a la raison en partage dans la mesure où elle est impliquée dans la sensation, mais sans la posséder pleinement[5] ».

En destituant, au profit de l'idéal d'une vérité inconditionnée, la multiplicité des traditions particulières, la philosophie fait apparaître un monde commun à toute l'espèce humaine, mais ce monde est vertical. Et d'une nature elle-même hiérarchisée se déduit naturellement la hiérarchie naturelle des hommes. La prééminence du ciel sur la terre se reflète dans la relation terrestre du supérieur et de l'inférieur. Impliquée par le *logos*, l'idée d'humanité universelle est ainsi tenue en échec, ou du moins en respect, par la cosmologie.

Et c'est toujours dans le même cosmos qu'évoluent les hommes du Moyen Age. Tout en radicalisant le message biblique – « il n'y a ni Juif, ni Grec, ni esclave, ni homme libre, ni homme, ni femme : tous vous ne faites qu'un dans le Christ Jésus », dit saint Paul – et tout en opposant aux Juifs à la nuque raide entêtés dans leur particularisme l'amour sans exclusive du genre humain, la théologie médiévale divise l'humanité plus rigoureusement encore que ne le faisait la philosophie des Anciens : « Bien que le péché originel soit remis à tous les fidèles par la grâce du baptême, écrit Isidore de Séville, Dieu le juste établit une discrimination dans l'existence des hommes, constituant les uns esclaves, les autres maîtres, afin que la liberté de mal agir soit restreinte par la puissance du dominant. Car si tous étaient sans crainte, comment le mal pourrait-il être prohibé[6] ? »

L'humanité tout entière corrompue par la Chute et promise tout entière au Salut : cette révélation évangélique s'incline, sans coup férir, devant la vision divine d'une échelle des êtres qui monte jusqu'au Ciel. Le péché est certes universel, ainsi que la Rédemption, mais cette double universalité ne perturbe pas l'ordre du monde, elle s'y plie, au contraire, avec une telle docilité que toute hiérarchie se trouve fondée sur l'inégale répartition, parmi les créatures, du bien et du mal, de l'esprit et de la chair, du ciel et de la terre. C'est parce qu'ils sont plus proches du divin que les uns se consacrent au commandement ou à la vie spirituelle ; et c'est parce que leur nature est basse et presque intégralement terrestre que les autres sont condamnés à obéir et à accomplir les tâches nécessaires à la satisfaction des besoins corporels.

Bref, l'unité du genre humain peut bien avoir été solennellement proclamée par les apôtres et par les premiers philosophes, dans une société régie par le principe hiérarchique c'est à peine si les hommes croient faire partie de la même humanité. Pour le dire avec les mots si justes de Tocqueville, là où les différences reposent sur un fondement naturel ou divin, *on ne voit de semblable que dans les membres de sa caste*. Ainsi dans le monde antique et chez ceux-là mêmes qui faisaient profession d'universalité : « Au temps de leur plus grande lumière, les Romains égorgeaient les généraux ennemis après les avoir traînés en triomphe derrière un char, et livraient les prisonniers aux bêtes pour l'amusement du peuple[7]. » Ainsi dans le monde médiéval : « Lorsque les chroniqueurs du Moyen Age qui tous par leur naissance ou leurs habitudes appartenaient à l'aristocratie rapportent la fin tragique d'un noble, ce sont des douleurs infinies ; tandis qu'ils racontent tout d'une haleine et sans sourciller le massacre des gens du peuple [8]. » Ainsi encore dans l'argumentaire déployé par Ginés de Sepúlveda, chanoine et philosophe espagnol, lors de la Grande Polémique de Valladolid.

Nous sommes en 1550. Cela fait plus d'un demi-siècle que l'Espagne a pris pied en Amérique et que ses grands découvreurs se sont retrouvés nez à nez avec des populations inconnues et bizarres auxquelles ne les préparaient ni le récit biblique de la Création, ni la lecture des Anciens, ni les diverses expériences de l'altérité que l'Europe avait déjà pu faire. Qui sont ces créatures emplumées ? Méritent-elles le nom d'hommes ? Ont-elles seulement une âme ? Sont-elles accessibles à la raison ? Peut-on, malgré leur exotisme, les qualifier de prochains ? Comment les traiter ? Faut-il, et selon quelles modalités, leur donner une instruction chrétienne ? A-t-on le droit de se les approprier, dès lors qu'on les évangélise ?

Hanté par ces questions (qui n'ont certes pas empêché l'Espagne de porter le fer et le feu dans le Nouveau Continent), Charles Quint ordonne, le 16 avril 1550, la suspension de toutes les explorations et il convoque une junte, c'est-à-dire une grande controverse théologique, afin de « prendre les mesures propres à satisfaire la raison et la justice dans les conquêtes futures ».

Au milieu du mois d'août de la même année, Ginés

de Sepúlveda et Bartolomé de Las Casas, « le grand collecteur des larmes des Indiens », s'affrontent ainsi dans la chapelle du couvent San Gregorio à Valladolid devant une commission royale composée de juristes et de théologiens. L'un après l'autre, les deux adversaires doivent répondre à cette question : « Est-il licite à Sa Majesté de faire la guerre aux Indiens avant de leur prêcher la foi ? » Quatre raisons, selon Sepúlveda, qui ouvre la dispute, justifient la guerre et la rendent non seulement licite mais recommandable : « La gravité des délits des Indiens, en particulier leur idolâtrie et leurs péchés contre-nature ; la grossièreté de leur intelligence qui en fait une nation servile, barbare, destinée à être placée sous l'obédience d'hommes plus avancés comme le sont les Espagnols ; les besoins de la foi, car leur sujétion rendra plus facile et rapide la prédication qui leur sera faite ; les maux qu'ils s'infligent les uns aux autres, tuant des hommes innocents pour les offrir en sacrifice [9]. »

Helléniste remarquable, Sepúlveda vient de traduire la *Politique* d'Aristote. Et c'est en se plaçant très logiquement sous l'autorité suprême du Philosophe qu'il présente la relation des conquérants et des indigènes comme la juste « domination de la perfection sur l'imperfection, de la force sur la faiblesse, de l'éminente vertu sur le vice [10] ». Les Indiens, dit-il en substance, s'adonnent à toutes sortes de passions abominables : avant l'arrivée des Espagnols, ils se faisaient mutuellement la guerre avec un tel acharnement que la victoire pour eux était inutile et insipide si elle ne leur permettait pas de se rassasier avec la chair de leurs ennemis. Les Scythes, rappelle le savant docteur, étaient également cannibales mais ils étaient de farouches guerriers : les Indiens, eux, sont si lâches que, la plupart du temps, il suffit de quelques conquistadors pour les faire fuir par milliers « comme des femmes ». Bref, alors que les Espagnols sont prudents, intelligents, magnanimes, tempérants, humains et pieux, on trouve à grand-peine chez ces « sous-hommes » *(homunculos illos)* des traces d'humanité : « Non seulement ils n'ont aucun savoir, mais ils n'ont ni usage ni connaissance de l'écriture, ne gardent aucun monument d'histoire sauf un vague et obscur souvenir des choses consignées en certaines peintures, aucune loi écrite, mais certaines lois et coutumes barbares. Et ils ignorent le droit de propriété [11]. »

Les Indiens ont l'infériorité des enfants par rapport aux adultes et des femmes par rapport aux hommes. Ils sont même, ajoute Sepúlveda, aussi différents des Espagnols qu'un peuple cruel l'est d'un peuple pacifique et que les singes le sont des êtres humains : comment douter que des populations souillées de tant d'impuretés et d'impiétés aient été justement conquises par une nation comblée, elle, de toutes les vertus ? En tout état de cause, les habitants des Indes occidentales entrent dans la catégorie aristotélicienne de l'esclave par nature. Et s'ils rejettent la férule de leurs seigneurs légitimes, c'est le droit qui commande de les réduire à l'obéissance par la force des armes.

Las Casas, pour répondre, se place en apparence sur le même terrain philosophique que Sepúlveda. A l'idée qu'il est légitime et nécessaire d'asservir ces peuples sans foi ni loi, l'évêque de Chiapas oppose les coutumes bien établies des Indiens et leur vie policée. Puisque Aristote est la référence, il retourne Aristote contre son adversaire et il démontre, avec force descriptions, que les gens du Nouveau Monde font preuve de prudence, c'est-à-dire d'aptitude à gouverner, dans leur conduite individuelle, dans leur organisation familiale et même dans leurs communautés, cités ou royaumes. *Prudencia monástica*, *prudencia económica*, *prudencia política* : êtres éminemment raisonnables, civilisés et évolués, ceux qu'on appelle les Naturels remplissent toutes les conditions fixées par Aristote pour accéder à une vie bonne.

Mais cette démonstration d'orthodoxie aristotélicienne est un procédé rhétorique et non une véritable déclaration d'allégeance. En fait, Las Casas et Sepúlveda ne parlent pas la même langue. L'un habite encore le cosmos, quand, pour l'autre, il n'y a plus dans l'univers d'éléments ontologiquement différenciés. La nature, selon l'apologiste de la conquête, repose sur le principe d'inégalité et connaît rangs, grades, niveaux hiérarchiques et ordres distincts. La même loi, aux yeux du défenseur des Indiens, gouverne un espace unifié et une réalité homogène. Autrement dit, dans la manière de voir et de penser le monde qui est déjà celle de Las Casas, c'est l'idée même d'esclave naturel qui apparaît inacceptable : la nature est ce qui unit les hommes, non ce qui les sépare. Shylock peut pointer le bout de son nez : nulle part sur la terre, il n'existe des êtres humains dont on ait le droit d'affirmer qu'ils ne sont pas des hommes ou qu'ils requièrent, de par leur nature ou dans leur propre intérêt, d'être placés sous tutelle. Car « tous se réjouissent du bien et ressentent du plaisir à ce qui est agréable et tous fuient et haïssent le mal et éprouvent du désagrément à ce qui est déplaisant et nuisible[12] ».

Las Casas n'a, certes, rien d'un penseur naturaliste. Il ne se contente pas d'opposer quelques aspirations simples, modestes, fondamentales et universelles à l'arrogance de la classification aristotélicienne. Jamais il ne réduit la diversité des usages à la similitude des besoins car, bien que présentes chez tous les hommes, la recherche de ce qui fait du bien et l'urgence de fuir le mal ou de se libérer de l'inconfort sont loin, à ses yeux, d'épuiser l'humanité des peuples et des individus. Ni la soumission des créatures humaines aux mêmes lois vitales ni leur insertion dans le grand mécanisme universel n'annulent, en elles, la présence de l'idéal. Mais le grand chambardement du monde physique affecte également le monde spirituel. Si tout ce qui est se trouve logé à la même enseigne, si la distinction du haut et du bas n'est plus pertinente, cela veut dire que personne désormais ne peut se prévaloir de sa position dans l'être. S'il n'y a pas de lieu pour Dieu, tous les lieux sont également situés par rapport à Dieu. Chaque peuple est aussi voisin et aussi éloigné de la source céleste, et une même nostalgie, une même volonté de combler cette infranchissable distance se lisent donc dans toutes les manières d'honorer l'Éternel ou d'épeler le nom divin. Dans toutes les cérémonies la même dévotion est à l'œuvre. La communication avec l'invisible n'est plus une chasse gardée, aucune croyance n'a le monopole de la vraie foi. La vérité est une, comme il se doit, mais elle a cessé d'être repérable, ce qui instaure entre l'unité et la diversité une relation sans précédent : ce n'est plus l'erreur qui est multiple, ce sont, à l'inverse, la multiplicité et l'hétérogénéité même des formes religieuses qui expriment l'universalité de la religion. La tolérance comme valeur naît ainsi de la délocalisation du Très-Haut.

Avant de recevoir, avec Galilée, la consécration de la science, cette cosmologie égalitaire avait été élaborée et poussée jusqu'à ses ultimes conséquences théologiques et morales par Nicolas de Cues dans *La Docte Ignorance* et dans *La Paix de la Foi*[13]. Implicite chez Las Casas, elle le conduit à redéfinir le sens même de l'évangélisation et à soutenir hardiment que les païens ont non seulement le droit mais le devoir de défendre leurs idoles : « Puisque les idolâtres estiment que leurs idoles sont le Dieu véritable, leurs croyances s'adressent en fait et se dirigent vers le Dieu véritable[14]. »

Deux langues donc, et deux mondes entre lesquels les juges de Valladolid se refusèrent à choisir. A l'issue de l'interminable querelle, aucune décision ne fut prise. Le conflit doctrinal qui mit le champion des conquistadors aux prises avec leur adversaire déclaré resta sans conclusion. Sepúlveda écrivit à un ami que, à l'exception d'un seul théologien, les juges avaient trouvé légitime la domination des chrétiens sur les barbares du Nouveau Monde. Las Casas, quant à lui, prétendit que l'assemblée avait tranché en sa faveur mais que, « par malheur pour les Indiens », ses « décisions n'avaient pas bien été exécutées » [15].

Qui croire ? On sait que la Couronne ne donna jamais son imprimatur aux écrits bellicistes de Sepúlveda, mais on sait aussi que le conseil municipal de Mexico lui vota, en témoignage d'estime et de gratitude, un présent de vêtements et de bijoux. On ne peut pas non plus ignorer, de surcroît, que le sort des Indiens ne fut nullement adouci par la substitution du terme « pacification » à celui de « conquête » dans l'ordonnance que Philippe II promulgua quelques années après la controverse et qui était destinée à réglementer toutes les découvertes récentes et futures, sur terre comme sur mer.

Il n'en demeure pas moins que Las Casas a changé le sens du mot « barbarie » et qu'il lui a ouvert, à l'ombre de sa définition officielle, une carrière subversive qui est loin d'être close. Dans le classement du défenseur des Indiens, en effet, le bas de l'échelle est occupé par ceux qui ont une vision obstinément scalaire de l'humanité. C'est quand, piégé par les habitudes et les apparences, on reconnaît le moine à l'habit qu'on se montre aussi inculte qu'insensible et brutal. C'est quand on prend la hiérarchie pour argent comptant qu'on témoigne de son étroitesse d'esprit et même de son primitivisme. La confrontation avec le Nouveau Monde donne naissance au grand thème européen de l'*Europe barbare*, de la civilisation obtuse et du « c'est celui qui le dit qui l'est ! ». Las Casas écrit ainsi dans son *Apologética historia* : « Nous jugeons barbares ceux qui n'ont pas d'écriture ou de langue savante. Mais les gens des Indes pourraient nous traiter de barbarissimes puisque nous ne comprenons pas leur langue [16]. » Et Montaigne, au même moment, dans les *Essais* : « Il n'y a rien de barbare et de sauvage en cette nation, à ce qu'on m'en a rapporté, sinon que chacun appelle barbarie ce qui n'est pas de son usage ; comme de vray il semble que nous n'avons autre mire de la vérité et de la raison que l'exemple et idée des opinions et usances du pays où nous sommes. Là est toujours la parfaite religion, la parfaite police, le parfait et accompli usage de toutes choses [17]. » La même idée, deux siècles plus tard, inspire à Montesquieu son ironique plaidoyer pour l'esclavage des nègres : « Ceux dont il s'agit sont noirs des pieds jusqu'à la tête ; et ils ont le nez si écrasé qu'il est presque impossible de les plaindre. On ne peut se mettre dans l'esprit que Dieu, qui est un être très sage, ait mis une âme, surtout une âme bonne, dans un corps tout noir [18]. » Lévi-Strauss, dernier en date des grands héritiers de cette belle tradition, lui donne aussi sa formulation la plus tranchante : « Le barbare, lit-on dans sa conférence de l'UNESCO, c'est d'abord l'homme qui croit à la barbarie [19]. »

Et l'homme qui croit à la supériorité intrinsèque des classes supérieures ? L'homme qui prend l'ordre protocolaire pour un ordre divin ? Celui qui confond le personnage avec la personne, et qui, voyant l'au-delà dans l'apparat, éprouve un sentiment de respect religieux devant l'ostentation des nobles, la magnificence de l'Église et les pompes du Pouvoir ? Cet homme est sans doute moins antipathique que le barbare civilisé décrit et ridiculisé par Las Casas, Montaigne, Montesquieu et Lévi-Strauss, car, au lieu d'exclure l'Autre de l'humain, il s'exclut lui-même de l'humanité accomplie : jamais, comme dirait Groucho Marx, il ne consentirait à faire partie d'un club qui l'admettrait parmi ses membres. Mais outre que ces deux attitudes peuvent parfaitement cohabiter chez le même individu, un identique mécanisme est à l'œuvre dans l'humilité des « inférieurs » et dans la morgue des conquérants. Pascal en fait, le premier, la démonstration : sur une terre désertée par la voix divine et où ne résonne plus qu'un « silence éternel », c'est par la seule vertu de l'imagination, cette « maîtresse d'erreur et de fausseté », que les différences de rang entre les hommes acquièrent une dimension métaphysique. « Qui dispense la réputation ? Qui donne le respect et la vénération aux personnes, aux ouvrages, aux lois, aux grands, sinon cette faculté imaginante ? Combien toutes les richesses de la terre insuffisantes sans son consentement[20] ! »

Inscrit dans l'ordre des choses quand le monde était un cosmos, le principe hiérarchique relève du sortilège ou de l'hypnose dès lors que le ciel n'est plus un toit. La présence du surnaturel a cessé d'être une donnée de l'expérience, elle est maintenant du ressort exclusif de l'illusion. L'évidence se change en traquenard : la manifestation terrestre du divin devient une fiction grandiose et remplie d'effets spéciaux. Ce n'est plus la foi qui soutient l'édifice social, c'est la crédulité. L'artifice règne là où l'Éternel imprimait sa marque. En somme, le Tout-Puissant ayant quitté la scène, le mirage remplace le miracle, l'empire du trompe-l'œil succède à la Splendeur de la Vérité et la Divine Comédie s'efface au profit de la grande comédie humaine : « Nos magistrats ont bien connu ce mystère. Leurs robes rouges, leurs hermines, dont ils s'emmaillotent en chats fourrés, les palais où ils jugent, les fleurs de lis, tout cet appareil auguste était fort nécessaire[21]. »

Pascal s'acharne ainsi à ne rien laisser subsister, dans la religion qu'il professe, de la foi en l'essence divine de l'ordre social : « Tout le titre par lequel vous possédez votre bien n'est pas un titre de nature, mais d'un établissement humain », écrit-il, sans ménagement, à l'adresse des Grands qui seraient tentés de céder à la superstition dont ils sont l'objet et de se croire réellement au-dessus du commun des hommes. Il y a bien des conditions sociales mais une seule condition humaine, dit Pascal, qui poursuit en ces termes impitoyables la cure de désintoxication de l'aristocratie : « votre âme et votre corps sont eux-mêmes indifférents à l'état de batelier ou à l'état de duc ; il n'y a nul lien naturel qui les attache à une condition plutôt qu'à une autre »[22].

Après avoir révélé l'envers du décor, Pascal, il est vrai, fait l'éloge de la mystification. Le peuple croit dur comme fer à toute cette sorcellerie politique et sociale, il se laisse abuser par le déploiement fastueux de l'Autorité, du Privilège ou du Pouvoir, mais, prévient-il, ce serait une grave faute que de le tirer d'erreur. Il a raison d'avoir tort et sa folie ou sa naïveté sont beaucoup plus sages que la perspicacité des demi-habiles qui « troublent le monde et jugent mal de tout » en criant la vérité sur les toits. Chaque moi étant l'ennemi et voulant être le tyran de tous les autres, la seule alternative à la hiérarchie et à ses faux-semblants, c'est l'horreur de la guerre civile. L'imagination, en effet, ne met pas que l'intelligence en sommeil. Elle agit aussi comme un tranquillisant sur l'appétit de la gloire, sur les tourments de l'envie, sur la passion de dominer, c'est-à-dire sur la première et la pire des concupiscences : l'amour-propre. *Il ne faut pas réveiller un moi qui dort.* Cette certitude négative impose à ceux-là mêmes qui ne s'en laissent pas accroire de donner le change, de jouer le jeu et de s'incliner, comme la multitude, devant les grandeurs d'établissement en ne révélant sous aucun prétexte le secret de l'égalité des hommes. L'habile Pascal apporte ainsi aux dupes le concours imprévu de la duplicité.

Mais, aussi résolue qu'elle se veuille, cette assistance est déjà une défection. Pascal a beau recoller le masque de la préséance sur les visages qu'il a cruellement mis à nu, il a beau justifier le grand mensonge politique et social par l'imperfection de notre nature ou par la malédiction qui, depuis la Chute, pèse sur l'humanité, le mal est fait – car le cœur n'y est plus. Son œuvre, quoi qu'il en ait, s'inscrit dans le mouvement de démystification qui conduira les hommes à vivre autrement l'inégalité. La transformation démocratique de la relation inégalitaire s'esquisse déjà dans les *Pensées* et l'hypocrisie que Pascal préconise annonce l'univers déniaisé ou renseigné où c'est « en vain », comme l'écrit lumineusement Tocqueville, que « la richesse et la pauvreté, le commandement et l'obéissance mettent accidentellement de grandes distances entre deux hommes [:] l'opinion publique, qui se fonde sur l'ordre ordinaire des choses, les rapproche du commun niveau et crée entre eux une sorte d'égalité imaginaire, en dépit de l'inégalité réelle de leurs conditions »[23]. Au terme du désenchantement, l'égalité imaginaire détrône le fantasme de l'inégalité entre les hommes, et l'« idée de derrière » introduite comme le ver dans le fruit de la société d'ordres est devenue, au sein de la société des individus, l'évidence intellectuelle et l'idée de devant de tout un chacun.

Est-ce d'ailleurs une idée ? Un siècle après Pascal, les philosophes des Lumières voient avec bonheur le secret des habiles déserter l'intellect pour l'épiderme et s'offrir immédiatement au sens commun. Confirmation inespérée de la perspicacité de l'esprit par les larmes du corps qu'ils célèbrent sous le nom de *sentiment d'humanité* : « Ce noble et sublime enthousiasme, écrit Diderot dans l'*Encyclopédie*, se tourmente des peines des autres et de son besoin de les soulager ; il voudrait parcourir l'univers pour abolir l'esclavage, la superstition, le vice et le malheur[24]. » Ainsi, tout en s'engageant plus avant dans la voie frayée par Pascal, les Encyclopédistes peuvent-ils, avec Voltaire, plaider contre ce « misanthrope sublime » la cause du genre humain : le moi, disent-ils en substance, n'est pas ou n'est plus haïssable puisqu'il est compatissant. La révolution politique à venir n'est que l'une des retombées du nouveau paradigme de la relation humaine qui surgit avec cette définition : « la reconnaissance sensible de l'homme par l'homme[25] ». L'idée de la similitude des hommes s'atteste désormais sous la forme d'une *condoléance* illimitée, c'est-à-dire d'une participation affective à tous les maux qui frappent l'espèce humaine. L'homme démocratique qui émerge alors n'est pas seulement déniaisé, il est émotif. Sa capacité de sympathie augmente à mesure que décroît son respect pour la hiérarchie. Moins il se laisse éblouir, plus il se laisse attendrir. Moins il est déférent, plus il est impressionnable. Moins il est obséquieux, plus il est miséricordieux. C'est parce qu'il rit avec tant d'insolence que ce Figaro espiègle et réfractaire à toute forme d'idolâtrie est si prodigue de ses pleurs. La commisération, en lui, se développe au rythme de l'égalisation et son cœur a ses raisons que la raison corrobore. « Avons-nous plus de sensibilité que nos pères ? demande Tocqueville, le grand anthropologue de cette mutation historique subie par l'élan naturel. Je ne sais ; mais à coup sûr notre sensibilité se porte sur plus d'objets.

« Quand les rangs sont presque égaux chez un peuple, tous les hommes ayant à peu près la même manière de penser et de sentir, chacun d'eux peut juger en un moment les sensations de tous les autres ; il jette un coup d'œil rapide sur lui-même ; cela lui suffit. Il n'y a donc pas de misère qu'il ne conçoive sans peine et dont un instinct secret ne lui découvre l'étendue. En vain s'agira-t-il d'étrangers ou d'ennemis : l'imagination le met aussitôt à leur place. Elle mêle quelque chose de personnel à sa pitié, et le fait souffrir lui-même tandis qu'on déchire le corps de son semblable[26]. »

En vain : déjà utilisée par Tocqueville à propos de la division de la société en classes, cette locution marque, une nouvelle fois, la défaite de la Différence devant la Ressemblance. L'imagination, qui naguère voyait en l'homme différent plus ou moins que l'homme, traverse maintenant les murs les plus épais et franchit toutes les barrières symboliques ou géographiques qui morcellent l'humanité. Sous l'effet de cette forme nouvelle de coexistence – l'égalité croissante des conditions –, le semblable c'est tout le monde, et c'est le premier venu. Même si celui-ci est un étranger et même si c'est un ennemi.

De cette impuissance de la notion d'ennemi à dissimuler celle de semblable, l'officier italien Emilio Lussu fit l'expérience intempestive et déconcertante sur le plateau d'Asiago par une nuit claire et calme de septembre 1916. Il s'était aventuré avec un autre soldat hors de la tranchée pour tenter de repérer l'invisible canon de 37 qui, depuis plusieurs jours, tourmentait ses lignes. Après avoir marché quelques mètres à quatre pattes, il avait gagné par hasard un endroit d'où il pouvait épier la tranchée adverse en enfilade. Un spectacle *étrangement familier* s'offrit alors à son regard : « Ils étaient donc là, ces Autrichiens, si proches qu'on pouvait presque les toucher, paisibles, comme des promeneurs sur le trottoir d'une ville ! [...] Une vie inconnue se dévoilait brusquement sous nos yeux. Ces tranchées, que nous avions si souvent attaquées en pure perte, tant leur résistance avait été vive, avaient fini par nous apparaître comme des lieux inanimés, lugubres, désertés des vivants, refuge de fantômes mystérieux et terribles. A présent elles se montraient à nous dans leur existence véritable. L'ennemi, l'ennemi, les Autrichiens, les Autrichiens ! [...] C'était l'ennemi, et c'étaient les Autrichiens. Des hommes et des soldats comme nous, faits comme nous, en uniforme comme nous, qui à présent bougeaient, parlaient et prenaient leur café, exactement comme étaient en train de le faire derrière nous, à cette même heure, nos propres camarades. Étrange chose. Une idée pareille ne m'était jamais venue à l'esprit. Maintenant ils prenaient le café. Pourquoi me semblait-il extraordinaire qu'ils prennent le café ? Et vers 10 ou 11 heures, ils mangeraient la soupe, exactement comme nous. L'ennemi pouvait-il vivre sans boire et sans manger ? Sûrement pas. Et alors quelle était la raison de ma stupeur[27] ? »

Parti localiser une position ennemie, Emilio Lussu tombe inopinément sur des soldats qui lui ressemblent. Certes, il n'apprend rien qu'il ne sache déjà. Il n'avait pas besoin de vérifier que les Autrichiens étaient aussi des hommes. Tout en adhérant à la guerre qu'il faisait, tout en souhaitant contribuer à empêcher, avec la victoire des Puissances centrales, le triomphe de la Réaction dans son pays et en Europe, il n'avait jamais cru qu'il se battait contre des membres d'une autre espèce. La propagande était une maladie de l'arrière et ne l'affectait pas. Mais il voit soudain de près ceux qu'il combattait de loin. Et, à sa propre stupéfaction, ce gros plan ressuscite entre lui et eux le sentiment de communauté qu'avait jusqu'alors occulté la guerre. Il y a dans sa cuirasse un défaut par où la protestation de Shylock peut désormais s'insinuer. Mais Lussu n'est pas au bout de ses surprises.

Arrive, en effet, un officier. Immédiatement les soldats autrichiens se taisent et s'écartent. Lussu, qui fait la guerre depuis longtemps et qui a même acquis une mentalité de guerre, saisit le fusil du caporal qui l'accompagne. Il se dit qu'après tant d'heures d'attente, tant de patrouilles, tant de sommeil perdu, ce serait folie que de laisser filer ce gros gibier qui passe à sa portée. Mais un geste aura raison de cette détermination belliqueuse.

« L'officier autrichien alluma une cigarette. A présent, il fumait. Cette cigarette créa un rapport imprévu entre lui et moi. Dès que je vis la fumée, je ressentis en moi aussi l'envie de fumer. Ce désir me fit penser que moi aussi j'avais des cigarettes. Cela dura un instant. Mon action de pointer, de machinale, devint raisonnée. Je dus penser que je pointais mon arme, et que je la pointais contre quelqu'un. L'index qui touchait la détente relâcha la pression. Je pensais. J'étais obligé de penser [...]. Peut-être était-ce ce calme complet qui éloignait mon esprit de la guerre. J'avais en face de moi un officier, jeune, inconscient du danger qui le menaçait. Je ne pouvais pas le manquer. J'aurais pu tirer mille coups à cette distance sans en rater un seul. Il suffisait que j'appuie sur la détente : il aurait roulé au sol. La certitude que sa vie dépendait de ma volonté me rendait hésitant. J'avais en face de moi un homme, un homme !

« Un homme !

« J'en distinguais les yeux et les traits du visage. La lumière de l'aube se faisait plus claire et le soleil s'annonçait derrière la cime des montagnes. Tirer comme ça à quelques pas, sur un homme… comme sur un sanglier [28] ! »

Au moment même où il s'apprête à faire ce qu'exige son intérêt, ce que lui enjoint sa conscience, et ce que lui dicte aussi la déjà longue habitude de la guerre, Lussu est frappé par la *foudre de l'évidence*. Une silhouette qui se détache, le geste anodin d'allumer une cigarette : ces détails apparemment insignifiants dépouillent l'officier ennemi de ses deux qualités d'officier et d'ennemi. Ce qu'il donne subitement à voir, ce ne sont plus les déterminations visibles de son être, c'est cette forme abstraite, indépendante du statut, de la fonction, du rang et de la nationalité – son humanité même : « J'avais devant moi un homme ! » La découverte confondante qui se produit alors n'est pas une observation de l'intelligence, c'est un *transport de l'imagination*. Sous l'effet de la *reconnaissance*, Lussu se met à la place de l'*inconnu* qu'il tient en son pouvoir. Sans crier gare, la pitié le submerge. La pitié, c'est-à-dire, en l'occurrence, non seulement la répugnance à voir souffrir son semblable (selon la célèbre définition de Rousseau) mais l'identification avec la souffrance mortelle qu'il s'apprête à lui infliger. Il était un ; le voici, involontairement, deux. *Le « sniper » a mal à sa cible* ; le guetteur souffre pour sa proie. Cette irrésistible empathie métamorphose en assassin potentiel le militaire scrupuleux qu'il était encore quelques instants auparavant. Cette « fonte et débâcle soudaine de la disposition autiste[29] » le rend passagèrement inapte à son métier de soldat. Incapable de *se reprendre*, d'arrêter cette effusion du moi, Lussu, de guerre lasse, tend son fusil au caporal qui l'accompagne. Mais, victime de la même hémorragie imaginaire et comme médusé par la même évidence, celui-ci décline l'offre. A quatre pattes, ils rentrent donc dans la tranchée. Bredouilles.

Ce minuscule épisode ne retire rien à l'horreur de la Première Guerre mondiale. Il nous apprend seulement que cet immense massacre n'a pas complètement rompu le lien d'humanité entre les hommes. La même mésaventure, en revanche, ne pouvait pas arriver au Doktor Pannwitz. En aucun cas celui-ci ne risquait de se mettre à la place du détenu tremblant de peur devant son bureau immaculé. Il avait beau le voir en gros plan, nul encanaillement de l'imagination, nul dédoublement de la personnalité ne menaçait son intégrité physique et mentale.

Sans doute cette cuirasse sans défaut n'est-elle pas l'apanage exclusif de Pannwitz et de ses pairs. Loin d'être naturelle à tous les êtres humains, la reconnaissance de l'homme par l'homme relève de l'histoire, comme le montrent Lévi-Strauss aussi bien que Tocqueville. Mais ce rappel ne dissipe pas le mystère du XXe siècle, il en aggrave encore l'opacité. Comment se fait-il, en effet, qu'*après* la reconnaissance sensible de l'homme par l'homme tant d'hommes aient pu, en vertu d'un décret promulgué par d'autres hommes, se retrouver *de l'autre côté de la vitre* et subir une imperturbable férocité, sans commune mesure avec la situation dont parle Lévi-Strauss, où deux interlocuteurs, sûrs chacun de détenir le monopole de l'humanité, se donnent cruellement la réplique ? Que s'est-il donc passé pour que la notion d'humanité universelle soit tombée dans un oubli aussi massif et aussi radical au cœur même de la civilisation où elle avait atteint son développement le plus spectaculaire ? Le mot *régression* qu'emploie Lévi-Strauss est-il à la mesure de l'énigme ?

CHAPITRE DEUXIÈME

Les prestiges du nom commun

Dans *Le Spectateur engagé*, Raymond Aron évoque la conversation qu'il eut avec Sartre en 1945, à propos de l'accueil réservé par la France aux rares Juifs qui revenaient de déportation : « Nous nous sommes posé la question : pourquoi n'y a-t-il pas un seul article, un seul qui ait écrit : "Bienvenue aux Juifs de retour dans la communauté française" ? La raison profonde de ce silence, c'est qu'on avait, pour ainsi dire, gommé ce qui s'était passé [1] ? » Toute à sa volonté de reconstituer son image et de célébrer à travers les résistants un *peuple en résistance*, la France, alors, avait d'autres chats à fouetter que l'Extermination.

En publiant, au mois de novembre 1946, *Réflexions sur la question juive*, Sartre rompt ce silence et s'acquitte pour les autres du geste de bienvenue qu'ils n'ont pas jugé bon d'effectuer. Sans évoquer directement le génocide dont l'ampleur, pour Sartre lui-même, est encore masquée par la guerre, ce livre bref et dense jette un pavé dans la mare du « comme si de rien n'était ». Au moment même où la collectivité cherche à faire l'impasse sur l'antisémitisme pour s'épargner la fatigue ou le fardeau d'une remise en question, l'antisémite est l'objet d'un portrait magistral et dévastateur : « Cette phrase “je hais les Juifs” est de celles qu'on prononce en groupe ; en la prononçant, on se rattache à une tradition et à une communauté : celle des médiocres. Aussi convient-il de rappeler qu'on n'est pas nécessairement humble ni même modeste parce qu'on a consenti à la médiocrité. C'est tout le contraire : il y a un orgueil passionné des médiocres et l'antisémitisme est une tentative pour valoriser la médiocrité en tant que telle, pour créer l'élite des médiocres. » Un peu plus loin, Sartre précise : « En traitant le Juif comme un être inférieur et pernicieux, j'affirme du même coup que je suis d'une élite. Et celle-ci, fort différente en cela des élites modernes qui se fondent sur le mérite ou le travail, ressemble en tout point à une aristocratie de naissance. Je n'ai rien à faire pour mériter ma supériorité et je n'en puis plus déchoir. Elle est donnée une fois pour toutes : c'est une *chose* »[2].

Pour le dire autrement, l'antisémite selon Sartre a la nostalgie de l'ordre vertical. Il déplore, avec le désenchantement du monde, la disparition d'une époque où la société était ostensiblement hiérarchique et la hiérarchie naturelle. Effrayé par l'abîme d'incertitude dans lequel l'idée du semblable précipite l'humanité, il voudrait que tout soit joué avant le lever du rideau et que l'essence, comme autrefois, procède de la naissance. Il a besoin du Juif pour se mettre lui-même dans la peau d'un *héritier* et pour échapper ainsi aux soucis ou aux tourments d'une existence purement individuelle.

Que les hommes soient d'abord des hommes et ensuite seulement les membres d'une caste ou les titulaires d'une généalogie, cela veut dire qu'*ils n'appartiennent plus à leur appartenance*. Cette irréductibilité de l'individu à son rang, à son statut, à sa communauté, à sa nation, à son extraction ou à son lignage, c'est la liberté. Or l'antisémitisme en apporte la preuve : il y a quelque chose d'indésirable dans la liberté. Cette conquête est un casse-tête, ce privilège est contraignant et douloureux. Ce cadeau ne fait pas de cadeau : rien n'est plus donné, chacun est désormais comptable de son destin. L'antisémite est d'abord celui qui cherche à se défaire de cette pénible obligation. « C'est un homme qui a peur, dit Sartre. Non des Juifs, certes : de lui-même, de sa conscience, de sa liberté, de ses instincts, de ses responsabilités, de sa solitude, du changement de la société et du monde : de tout sauf des Juifs. [...] En adhérant à l'antisémitisme, il n'adopte pas simplement une opinion, il se choisit comme personne. Il choisit la permanence et l'impénétrabilité de la pierre, l'irresponsabilité totale du guerrier qui obéit à ses chefs, et il n'a pas de chef. Il choisit de ne rien acquérir, de ne rien mériter, mais que tout lui soit donné de naissance – et il n'est pas noble. Il choisit, enfin, que le Bien soit tout fait, hors de question, hors d'atteinte, il n'ose le regarder de peur d'être amené à le contester et à en chercher un autre. Le Juif n'est ici qu'un prétexte ; ailleurs on se servira du nègre, ailleurs du jaune [3]. »

Alors que, d'habitude, on fait de l'antisémitisme un

racisme parmi d'autres, Sartre, à l'inverse, déduit la haine raciale de la judéophobie. Le Juif, le Nègre et le Jaune sont, à l'en croire, les victimes d'une même révolte contre l'essor de l'idée du semblable et son irrésistible universalisation. Il s'agit, dans tous les cas, de revenir aux temps bénis où *l'origine avait force de loi.* Mais comme la théologie médiévale et la cosmologie antique ont été scientifiquement disqualifiées, c'est la science qui, par l'entremise de la biologie, prend la relève et assure, à son tour, la satisfaction du désir de prééminence comme du désir d'immunité. Puisqu'il n'y a plus de monde *supérieur* ou d'ordre surnaturel auquel rattacher les disparités entre les hommes, on se tourne vers l'*antérieur* et le caractère physique héréditaire des différents groupes humains. L'en-deçà de la conscience et de la personne remplace l'au-delà métaphysique, et le Très-Haut ayant disparu sans laisser d'adresse, c'est au déterminisme génétique qu'il revient d'assurer l'inégale répartition entre les races de la chair et de l'esprit ou de la matière et de l'idéal.

« Humanisme mou » : une formule redondante, disait naguère Michel Foucault. « Humanisme, affirmait-il, implique de toute manière mollesse. » Et il ajoutait, pour expliquer les raisons qui l'avaient amené à introduire le thème si provocant, si singulier, si mystérieux pour le sens commun de la mort de l'homme : « Vous ne pouvez pas imaginer dans quelle mare moralisatrice de sermons humanistes nous étions plongés dans l'après-guerre. Tout le monde était humaniste. Camus, Sartre, Garaudy étaient humanistes. Staline était humaniste »[4].

Cinglante, cette attaque est aussi injuste. Et ce qu'il y a d'abusif en elle, ce n'est pas seulement la pratique de l'amalgame ou du trait d'union assassin entre un satrape, un imbécile et deux écrivains, c'est la vision de l'après-guerre comme d'une période édifiante et prêcheuse alors qu'elle fut, avant toute chose, une époque traumatisée. L'ironie de Foucault semble oublier à quelle guerre cet après-guerre succède. L'humeur dominante alors n'est pas à la prédication, mais à l'épouvante. Ce n'est pas la complaisance pour les grandes réussites humaines ou pour les prodiges de la technique qui incline la pensée vers l'humanisme, c'est la stupeur et l'affolement devant la tentation de l'inhumain. Il ne s'agit nullement de chanter les louanges de l'*Homo sapiens*, de l'*Homo faber*, de l'*Homo loquax*, ou de l'animal rationnel ; il ne s'agit pas non plus d'opposer aux diverses variantes de l'idéal ascétique l'excellence de notre être ou l'innocence de notre nature. L'humanisme dont la guerre est le tourment ne se demande pas comment réconcilier avec lui-même un homme trop longtemps avili et calomnié par la morale religieuse. On pourrait formuler ainsi la question tout autre qu'il se pose : d'où vient chez l'homme le désir de se défaire de son humanité ? Qu'y a-t-il donc dans l'humanité de l'homme de si insoutenable et, en même temps, de si fragile ?

Éclairante est, à cet égard, la conférence prononcée par Sartre, le 29 octobre 1945, devant une salle parisienne bondée et surchauffée, sous le titre *L'existentia-*

lisme est un humanisme. Soucieux à la fois de répondre aux critiques que soulève déjà son œuvre et de dissiper tous les malentendus qu'elle suscite, Sartre se veut didactique. Il part donc de la réalité la plus prosaïque et la plus quotidienne : « Lorsqu'on considère un objet fabriqué, comme par exemple un livre ou un coupe-papier, cet objet a été fabriqué par un artisan qui s'est inspiré d'un concept ; il s'est référé au concept de coupe-papier, et également à une technique de production préalable qui fait partie du concept, et qui est au fond une recette. Ainsi le coupe-papier est à la fois un objet qui se produit d'une certaine manière et qui, d'autre part, a une utilité définie, et on ne peut pas supposer un homme qui produirait un coupe-papier sans savoir à quoi l'objet peut servir. Nous dirons donc que, pour le coupe-papier, l'essence, c'est-à-dire l'ensemble des recettes et des qualités qui permettent de le produire et de le définir, précède l'existence[5]. » Et, poursuit Sartre, la différence entre l'homme et le coupe-papier, c'est qu'il n'y a pas de concept d'homme dont chaque individu serait un exemplaire. L'homme n'est pas fabriqué, il naît. Il n'est pas la mise en œuvre d'une idée préalable mais le miracle ordinaire d'un pur commencement. Bref, l'homme est l'être chez qui l'existence précède l'essence : « Qu'est-ce que ça signifie ici que l'existence précède l'essence ? Cela signifie que l'homme existe d'abord, surgit dans le monde et qu'il se définit après. L'homme, tel que le conçoit l'existentialiste, s'il n'est pas définissable, c'est qu'il n'est d'abord rien. Il ne sera qu'ensuite et il sera tel qu'il se sera fait. Ainsi, il n'y a pas de nature humaine, puisqu'il n'y a pas de Dieu pour la concevoir[6]. »

Existentialisme : le mot est neuf, mais non la définition qu'il se donne. N'imaginant Dieu que sous les traits d'un créateur tout-puissant, Sartre arrache l'homme à l'emprise divine. Or, dans le discours fondateur de l'humanisme – le célèbre *De dignitate hominis* composé en 1486 par Jean Pic de La Mirandole –, c'est Dieu lui-même qui suspend pour l'homme la règle universelle de la création. Ce qu'explique, en effet, Pic de La Mirandole dans le mythe qui ouvre son discours, c'est que l'homme est la conséquence d'un Démiurge imprévoyant ou distrait. Après avoir créé le monde, selon les voies de sa sagesse impénétrable, l'Architecte souverain ne voulut pas rester seul face à cette magnifique construction. Il avait besoin d'un admirateur. Il lui fallait absolument un être qui fût en état de reconnaître la raison de son œuvre et de l'aimer pour sa beauté. Il songea donc à produire l'homme. Mais l'univers était déjà rempli et il n'y avait plus d'archétypes en magasin. Toutes les recettes avaient été utilisées. Le parfait artisan se trouvait à court de concepts et de modèles. Renoncer n'étant pas dans son tempérament, Dieu « décida finalement qu'à celui à qui Il ne pouvait rien donner en propre serait commun tout ce qui avait été le propre de chaque créature. Il prit donc l'homme, cette œuvre à l'image indistincte, et l'ayant placé au milieu du monde, Il lui parla ainsi : "Je ne t'ai donné ni place déterminée, ni visage propre, ni don particulier ô Adam, afin que ta place, ton visage et tes dons, tu les veuilles,

les conquières et les possèdes par toi-même. La nature enferme d'autres espèces en des lois par moi établies. Mais toi que ne limite aucune borne, par ton propre arbitre entre les mains duquel je t'ai placé, tu te définis toi-même [...]. Je ne t'ai fait ni céleste, ni terrestre, ni mortel, ni immortel afin que, souverain de toi-même, tu achèves ta propre forme librement, à la façon d'un peintre ou d'un sculpteur. Tu pourras dégénérer en formes inférieures, comme celles des bêtes, ou, régénéré, atteindre les formes supérieures, qui sont divines" [7] ».

La proposition « l'existentialisme est un humanisme » n'a donc rien de paradoxal. Dans la mesure où il ne découvre pas le concept d'homme, mais soustrait l'homme à toute mainmise conceptuelle, l'humanisme originaire est lui-même un existentialisme. Ce qui distingue Sartre de Pic de La Mirandole, ce n'est pas tant le contenu de la pensée que la disposition d'âme. Le discours sur la dignité de l'homme est porteur d'une bonne nouvelle : « tout est possible », révèle Pic de La Mirandole à celui que la Tradition avait voulu contenir – entre ange et bête – dans une existence déterminée. Chaque être, dit-il, est ce qu'il est par sa nature, sauf l'homme. L'homme est une exception dans l'être ; il n'y a pas de limite indépassable à son action ; au lieu de recevoir sa vie toute prête de l'ordre des choses, il a le pouvoir de lui donner forme : telle est sa grandeur et telle est sa dignité.

Avec Sartre, le changement de climat est radical : nulle promesse d'élargissement dans son discours, mais la mise en évidence d'une condition inéluctable. L'homme, dit-il, est voué à la liberté. Et ce n'est pas drôle tous les jours ! La preuve : il rêve d'être dispensé de ce privilège, il cherche par tous les moyens à se débarrasser de l'incommode présent que lui a fait le Dieu étourdi de Pic de La Mirandole.

Ce rêve, *L'Être et le Néant* en détaille les modalités et les ruses avec une virtuosité aussi minutieuse qu'inlassable. Pascal rappelait les mortels et leur hiérarchie utile mais spécieuse à l'ordre d'une nature également corrompue et d'un dernier acte nécessairement sanglant, « quelque belle que soit la comédie en tout le reste ». Sartre met en question la solidité même de cette nature et emploie toute sa sagacité à décrire la *comédie de l'être*. A quoi joue donc ce garçon de café, « quand il vient vers les consommateurs d'un pas un peu trop vif », qu'« il s'incline avec un peu trop d'empressement » et qu'il exprime « un intérêt un peu trop plein de sollicitude pour la commande du client » ? C'est simple : « il joue à être garçon de café ». Et « cette obligation ne diffère pas de celle qui s'impose à tous les commerçants : leur conduite est toute de cérémonie, le public réclame d'eux qu'ils la réalisent comme une cérémonie, il y a la danse de l'épicier, du tailleur, du commissaire-priseur, par quoi ils s'efforcent de persuader à leur clientèle qu'ils ne sont rien d'autre qu'un épicier, qu'un commissaire-priseur, qu'un tailleur »[8].

Et la liste n'est pas close : toute fonction sociale est aussi une fiction sociale. Tout caractère comporte sa part de mauvaise foi. On ne peut être docteur ou professeur, marginal ou comme il faut, grand avocat ou grand écrivain, emporté ou blasé, sans *danser* son être : « Celui qui dit "je ne suis pas commode" c'est un libre engagement à la colère qu'il contracte et, du même coup, une libre interprétation de certains détails ambigus de son passé [9]. » L'empire de la représentation est sans limites : l'*Homo psychologicus* lui-même reste un comédien. Nul vrai visage ne se cache sous les masques et les déguisements dont chacun s'affuble. Ce n'est pas en fouillant les bas-fonds, en traquant les secrets qui amoindrissent ou en découvrant les mobiles médiocres à la racine de toutes les belles actions, qu'on fait acte de clairvoyance. On croit connaître un homme quand on le rabaisse. En fait, cette désillusion elle-même est trompeuse car elle ne voit pas, derrière la consistance apparente de la nature, les jeux et les manigances de la liberté. « Être homme, dit, avec Sartre, Gombrowicz, c'est simuler l'homme [10]. » Les comportements les moins empruntés sont encore affectés de cabotinage. Les gens que l'on qualifie de naturels prennent la pose pour mériter cette qualité. Dès que l'existence vire à l'essence, elle ment. Dès que l'homme est, il feint. Ce qui ne veut pas seulement dire que la vie est un théâtre, même si, « partout, le rôle est là qui attend son homme [11] », mais que, étant conscience d'être, l'homme ne peut jamais être ce qu'il est.

D'où la nostalgie de la coïncidence, l'aspiration à la plénitude, la constante tentation de colmater la fissure et le congé définitif que, par-delà les impostures obligées de la comédie humaine, certains hommes signifient à leur humanité. La description phénoménologique nourrit ainsi le jugement moral et conduit Sartre à utiliser, dans sa conférence sur l'existentialisme, des catégories inhabituelles dans le discours policé de la philosophie : « Les uns qui se cacheront, par l'esprit de sérieux ou par des excuses déterministes, leur liberté totale, je les appellerai lâches ; les autres qui essaieront de montrer que leur existence était nécessaire, alors qu'elle est la contingence même de l'apparition de l'homme sur la terre, je les appellerai les salauds[12]. »

Et si l'on revient maintenant à l'antisémite dont, la même année, Sartre dessine le portrait, on constate qu'il cumule les qualités, qu'il fait, si l'on peut dire, d'une pierre deux coups. Tout à la fois lâche et salaud, il confère, avec l'idée de race, la densité de la nature à son insubstantielle humanité et il se persuade « que sa place a toujours été marquée dans le monde, qu'elle l'attendait, et qu'il a, de tradition, le droit de l'occuper[13] ». Rien en lui de contingent, rien non plus de volontaire : il se repose dans les bras de l'être.

Philosophe moins fracassant que Sartre – il ne figure pas dans la liste dressée par Michel Foucault – mais plus encore que Sartre affecté par le siècle, Emmanuel Lévinas s'efforce lui aussi, et au même moment, de penser l'humanité de l'homme à partir de sa disparition. « Qu'est-ce que l'humain ? » : telle est l'inlassable interrogation d'une vie et d'une œuvre tout entières dominées « par le pressentiment et par le souvenir de l'horreur nazie[14] ».

La réponse qu'il propose prend la forme d'un récit. Transgressant l'injonction platonicienne de ne plus raconter d'intrigues pour faire de la philosophie, Lévinas découvre une intrigue à la source de l'humain. « Intrigue » est d'ailleurs l'un des maîtres mots de cette pensée qui ne parle que de morale et ne fait, à aucun moment, la morale. L'éthique, selon Lévinas, n'est ni un souverain bien ni une donnée immédiate de la conscience, ni la loi imposée par Dieu aux hommes ni la manifestation en chaque homme de son autonomie : l'éthique, c'est d'abord un événement. Il faut que quelque chose arrive au moi pour que celui-ci cesse d'être une « force qui va » et s'éveille au scrupule. Ce coup de théâtre, c'est la rencontre de l'autre homme ou, plus précisément, la révélation du visage.

Rencontre et non connaissance ; révélation et non dévoilement. Il y a, certes, beaucoup de choses à lire sur un visage humain. Ce morceau de peau est une mine de renseignements, car il en dit toujours plus que ce que voudrait avouer son titulaire. Avec un peu d'entraînement, on peut déduire toute une biographie de l'observation du visage. Mais le visage a aussi l'étrange pouvoir de se dédire de ses propres confessions et de percer les attributs qui, en lui, s'offrent au savoir du psychologue, du sociologue, du romancier ou de Sherlock Holmes.

C'est précisément à ce pouvoir que s'est heurté Emilio Lussu lors de sa mission de reconnaissance. Il était parti pour en savoir plus et qu'a-t-il trouvé, en face de lui, au bout du compte ? « Un homme, un homme ! Un homme ! » Cette triple exclamation signe la débâcle de Sherlock Holmes. Les indices, au lieu de s'accumuler, se sont effacés. L'interprétation a été déboutée, la pensée a perdu prise. Du personnage situé dans un contexte, il ne reste, à la fin des fins, qu'une pure abstraction.

Nulle sécheresse dans cette abstraction. Rien de théorique, d'intellectuel ou de cérébral. Le visage qui s'abstrait de sa propre image est un visage dénudé, c'est-à-dire désarmé, vulnérable, sans défense. Irréductible à son apparence comme à la vérité que celle-ci dissimule, échappant même à l'uniforme qui permet de l'identifier, dépouillé de ses propriétés empiriques, déraciné et apatride, il n'a plus que sa précarité à offrir. « Visage comme mortalité, dit Lévinas. Par-delà la visibilité du phénomène, abandon de victime[15]. »

Abandon et appel : il y a dans la détresse même du visage une force incomparable d'assignation. Excédant les *indications* qu'il contient, il se présente à l'*impératif*. Esseulé et exposé, il ne confesse plus rien, il commande ; il n'est plus un spectacle qui s'offre, ni même une énigme qui réclame élucidation, mais une voix de fin silence qui interdit de tuer : « Le regard moral mesure, dans le visage, l'infini infranchissable où s'aventure et sombre l'intention meurtrière[16] », écrit Lévinas. Et Lussu : « Un homme ! J'en distinguais les yeux et les traits du visage. La lumière de l'aube se faisait plus claire et le soleil s'annonçait derrière la cime des montagnes… » Parce qu'il regarde le visage, le visage le regarde, le concerne et devient son affaire. L'homme, là-bas, n'est plus un objet à sa portée mais déjà, et sans prévenir, le prochain.

Il ne le surveille plus, il veille sur lui sans même en avoir pris la décision consciente. Cette aventure, en somme, c'est l'histoire de l'arraisonneur arraisonné : Lussu se découvre enjoint, convoqué, cité à comparaître par celui-là même qu'il épiait et qui était à sa merci. *Il faisait la guerre en paix* et soudain – « défaillance de l'être tombant en humanité [17] » – l'inquiétude de la paix s'est abattue sur lui et a rompu le charme.

Le soldat Lussu n'a donc pas l'initiative du changement qui l'affecte. L'intérêt qu'il porte à l'officier autrichien ne découle pas d'une bonne intention. C'est sa bonne conscience, à l'inverse, qui est bousculée et mise à mal par un ultimatum déconcertant, par une sollicitation venue d'un ailleurs dont il n'a pas la maîtrise.

Ainsi, là où Rousseau parlerait d'une douceur naturelle à l'homme, et Tocqueville d'un adoucissement dû à l'égalité des conditions, Lévinas décrit un événement dérangeant et douloureux. D'où viennent cette exacerbation et cet assombrissement de l'intrigue ? « Les événements dramatiques de ce XXe siècle et le national-socialisme qui ont bouleversé le monde libéral sur lequel, tant bien que mal, reposait – et se reposait – l'existence juive ont arraché à l'antisémitisme son secret apocalyptique, et ont laissé deviner l'extrême, exigeante et dangereuse destinée de l'humain que, par antiphrase, il dénote [18] », répond Lévinas.

Tordre le cou au scrupule d'être ; libérer la vie de toute intrusion étrangère ; la déployer sans entraves ; lui rendre sa cruauté naturelle, sa vitalité sauvage, sa spontanéité et sa superbe ; *faire taire les visages* en les réduisant à des échantillons ou à des exemplaires d'une espèce ; substituer, en guise de socialité, la fraternité raciale à la proximité de l'autre homme : ce grand programme nazi révèle, dans sa décision même d'y mettre fin, le pouvoir que possède autrui d'entamer à vif la tranquillité d'être.

Si la catastrophe de l'humain s'est produite à l'ère de la reconnaissance sensible de l'homme par l'homme, c'est, si l'on suit Lévinas, parce que cette reconnaissance n'est pas une effusion mais une effraction, et qu'elle n'émane pas du moi mais perturbe ses plans, détraque sa marche et l'accable brutalement d'une charge importune. Un tel traumatisme de la sensibilité suscite, par contrecoup, la nostalgie sentimentale de l'intégrité perdue et de l'idylle. « Rien, en un sens, n'est plus encombrant que le prochain. Ce désiré n'est-il pas l'indésirable lui-même[19] ? » Voilà ce que cette guerre totale pour avoir enfin la paix que fut l'apocalypse hitlérienne nous apprend, par antiphrase, sur le fait éthique originel et sur l'aventure d'Emilio Lussu.

Il est vrai, comme en témoigne le jugement de Foucault, que dans la période qui a suivi l'après-guerre l'humanisme a pris, sous les assauts du structuralisme, un terrible coup de vieux. « Mouvement complexe dans ses motivations mais très solidaire dans sa vision polémique », selon les termes de Paul Ricœur[20], le structuralisme s'est employé à déposséder le sujet pensant, parlant et agissant de toutes ses prérogatives : les mouvements les plus confidentiels et les dispositions les plus imprévisibles de l'âme ont été rapportés à des dispositifs inexorables. On a montré que l'expérience vécue relevait de processus inconscients ou de systèmes neutres et anonymes. Les œuvres originales de l'esprit elles-mêmes ont été soustraites à l'intention ou au génie de leur créateur et analysées comme un jeu mené à partir de certaines règles. Visibles bien en deçà de l'auteur, disait par exemple Roland Barthes, « ces règles viennent d'une logique millénaire du récit, d'une forme symbolique qui nous constitue avant même notre naissance, en un mot de cet immense espace culturel dont notre personne […] n'est qu'un passage [21] ».

La mutation, en effet, est spectaculaire. Mais pourquoi cet acharnement contre le sujet ? Pourquoi cette jubilation à le déposer de son trône ? A quelle fin cette recherche des structures impersonnelles à l'œuvre jusque dans l'intimité du moi, sinon pour dégriser le moi de lui-même, le rappeler à l'humilité – il n'est qu'un passage – et lui enseigner que d'autres moi sont possibles, issus d'une autre histoire, soumis à d'autres codes fondamentaux ? Le sentiment d'horreur devant le racisme nazi se prolongeant alors en rejet du colonialisme – « le très humaniste, très chrétien bourgeois du XXe siècle porte en lui un Hitler qui s'ignore », écrit en 1950 Aimé Césaire [22] –, le salaud sartrien prend la figure de l'*Européen suffisant*. Cette suffisance est la cible commune de toutes les pensées réunies sous le label structuraliste. Le grand travail théorique qui s'effectue à cette époque est aussi un grand combat contre l'infatuation. De l'humanisme d'après guerre à l'anti-humanisme post-colonial, le paradigme philosophique a donc changé du tout au tout, mais l'inspiration morale demeure la même : il s'agit toujours de faire subir à l'être assuré dans son être une commotion salutaire et d'inquiéter l'homme pour mieux l'humaniser.

Et c'est parce que cette inquiétude et cette inspiration semblaient habiter le communisme que Staline a pu se parer du titre d'humaniste, comme le remarque sarcastiquement, mais sans approfondir, Michel Foucault. Au nom de l'humanité, l'URSS et les grandes démocraties occidentales ont combattu côte à côte et vaincu ensemble l'hitlérisme, c'est-à-dire la tentative d'effacer de la terre l'idée du semblable et de lui substituer une implacable hiérarchie naturelle. Mais aux yeux de l'humaniste épouvanté qui émerge de la guerre, comme de la critique de l'humanisme qui accompagne le mouvement de la décolonisation, le pays de la Révolution a cette supériorité *philosophique* sur les démocraties qu'il ne concède rien à l'idée de nature, qu'il refuse les demi-mesures et que ses exigences ne peuvent être apaisées par de pieuses déclarations.

Pour Marx, en effet, il n'y a de nature ni dans l'homme ni dans la nature. Le mal ou la souffrance ne sont pas des composantes de la condition humaine, les choses ne sont pas des choses, le mal, la souffrance et les choses sont des *faits sociaux*. Nulle part les hommes ne peuvent se reposer de l'humanité. Le domaine apparemment inaltéré du non-humain, c'est encore de l'humain qui cache son jeu. Il n'y a pas de paysage, aussi bucolique soit-il, qui, pour être compris, ne doive être replacé dans son contexte historique et social. « On sait, écrit Marx dans un passage célèbre de *L'Idéologie allemande*, que, comme tous les arbres fruitiers, le cerisier a été transplanté dans nos pays par le commerce il y a quelques siècles à peine ; en sorte que si Feuerbach a pu en avoir la certitude sensible, c'est grâce à cette action d'une société déterminée à une époque déterminée [23]. » Sous la plage, les pavés ; sous l'apparence du donné, la réalité du conflictuel et du construit. Et, ajoutent les marxistes, tout ce qui est historiquement fabriqué doit être politiquement dépassé ou détruit pour ouvrir la voie à l'avènement de l'égalité entre les hommes.

La force du marxisme, au sortir de la guerre, réside donc dans sa radicalité et dans son perfectionnisme. Les belles paroles libérales n'endorment pas plus sa clairvoyance qu'elles ne désarment sa volonté. Face au danger devenu palpable de la naturalisation des identités collectives et de leur élévation à l'absolu, il ne lui suffit pas que l'universel soit conçu et revendiqué : tant que l'Homme a son siège dans le ciel des Idées et que la hiérarchie prévaut sur la terre, tant qu'une égalité nominale ou formelle se surimpose à l'inégalité réelle des conditions, l'Homme est une imposture, et une imposture redoutable car son rôle est de perpétuer les rapports de subordination en proclamant *urbi et orbi* qu'il y a été mis fin. Notre humanisme ? « Le voici tout nu, pas beau, dit Sartre dans sa fameuse et furieuse préface aux *Damnés de la terre* de Frantz Fanon. Ce n'était qu'une idéologie menteuse, l'exquise justification du pillage. Sa préciosité et ses tendresses cautionnaient notre agression. [...] On trouvait dans le genre humain une abstraite postulation d'universalité qui servait à couvrir des pratiques plus réalistes[24]. » Pour empêcher que la dénonciation humaniste de la race des Seigneurs ne continue à voiler, sans y toucher, la division sociale entre inférieurs et supérieurs ou l'asservissement des peuples colonisés, l'abstrait doit, de toute urgence, devenir concret et l'humanité réelle.

Cette réalisation incombe aux prolétaires. En effet, à la différence des autres hommes présents ou passés, le prolétaire ne peut, en aucun cas, s'identifier aux déterminations imprimées en lui par l'époque, le statut social ou l'appartenance nationale. L'époque est bourgeoise, sa patrie, la communauté factice à laquelle il lui est demandé de sacrifier ses intérêts propres pour perpétuer l'ordre établi ; enfin, il y a longtemps que son travail n'est plus un métier, mais une puissance étrangère. Extradé de toutes les conditions même la sienne, exclu de tous les privilèges, le prolétaire a, en retour, le privilège ontologique d'être un *homme rien qu'humain*. Aliéné du monde, il est, du même coup, préservé de toutes les aliénations où les hommes tombent quand ils se prennent pour ce qu'ils sont. Si l'on définit, avec Sartre, le salaud comme l'homme qui, parce qu'il a sa place réservée, pense que tout est sa place dans l'être, le prolétaire est, par excellence, l'*anti-salaud*. A la différence du bourgeois ou de sa variante impérialiste, l'Européen suffisant, il n'a pas besoin, pour protéger ses intérêts, d'arrêter l'histoire ou de figer l'homme dans une essence immuable. En lui, se matérialise l'espérance d'un monde délivré non seulement des salauds mais du salaud comme possibilité humaine.

A preuve, le nom de baptême de sa première patrie. Comme dit très bien Jacques Derrida : « Le nom même d'URSS est le seul nom d'État au monde qui ne comporte en lui aucune référence à une localité ou à une nationalité. Le seul nom propre d'État qui, en somme, ne comporte aucun nom propre donné, au sens courant du terme : l'URSS est le nom d'un individu étatique, d'un État individuel et singulier qui s'est donné ou a prétendu se donner son propre nom propre sans référence à aucun lieu singulier ni à aucun passé national. Un État s'est donné à sa fondation un nom purement artificiel, technique, conceptuel, général, conventionnel et constitutionnel, un nom "commun" en somme, un nom communiste : bref, un nom purement politique [25]. » Face aux patries chauvines, l'URSS incarne cette apothéose : la patrie de l'humanité. Patrie puisqu'il s'agit encore d'un espace certes vaste – le sixième de la surface du globe et le dixième de sa population, comme aiment à répéter ses partisans – mais circonscrit. Patrie sans racines cependant, *nation sans nature*, territoire dont les autochtones ne sont pas des indigènes car, dans ce bastion de l'ère nouvelle, l'institution a eu raison de l'origine, l'esprit humain a vaincu l'esprit du lieu. Cette victoire périme la scission de l'humanité en compatriotes et étrangers. Nul n'est étranger, aucun visage n'est récusé ou laissé pour compte dans un paysage qui ne se dit plus en termes géographiques mais techniques. Fin des exclusives : il y a de la place pour tout le monde sur une terre qui porte un nom commun.

La fraternité du nom commun par opposition à l'hérédité du nom propre : tel est, en 1945, le *charme humaniste* de Staline. Si, comme l'a démontré François Furet, l'antifascisme s'investit tout naturellement alors dans l'idée communiste et son représentant suprême, ce n'est pas seulement à cause de la terrible bataille de Stalingrad, c'est du fait d'un nom où se lisent la fin d'une existence bornée par le chez-soi et le refus de tout accommodement avec les déterminations locales ou historiques qui enferment les hommes et fragmentent l'humanité.

Le charme de Staline s'atténuera certes assez vite, mais l'humanisme qui s'est trouvé engagé dans le nom d'URSS continuera longtemps à inspirer le combat politique ainsi que le travail intellectuel. Il en ira de la pensée en général comme du théâtre de Brecht, tel que Barthes le définissait en 1957 dans un article intitulé « Brecht, Marx et l'Histoire » : « fonder son théâtre sur l'Histoire », pour Brecht, « c'est [...] refuser à l'homme toute essence, dénier à la *nature* humaine toute réalité autre qu'historique, croire qu'il n'y a pas un mal éternel mais seulement des maux remédiables ; bref, c'est remettre le destin de l'homme à l'homme lui-même[26] ».

L'ennemi intime de la pensée, ce sera donc l'idéologie définie à la suite de Marx comme « l'ensemble des représentations que forme la classe dominante pour faire croire en la légitimité et la nécessité de sa domination et se cacher à elle-même les fondements de cette domination[27] ». En d'autres termes, on combat sous le nom d'idéologie l'omniprésente illusion qui travestit un point de vue particulier en vérité universelle, qui occulte la dimension évolutive du monde, qui fige, en un mot, l'histoire pour distraire les esclaves de leur condition et pour empêcher que naisse et se développe en eux la dangereuse idée de secouer le joug.

L'acharnement anti-humaniste contre les prétentions du sujet n'aura été lui-même qu'un moment dans cette entreprise visant à remettre à l'homme les clefs de son destin, comme l'attestent l'évolution de Michel Foucault et cette formule qu'il utilise en 1983 pour récapituler son travail et résumer son projet : « Un labeur patient qui donne forme à l'impatience de la liberté[28]. » Le travail généalogique conjugue la méticulosité et la subversion car il révèle, pièces à l'appui, l'étroitesse de notre univers affectif ou mental. « Ce qui existe est loin de remplir tous les espaces possibles[29] » : tel est l'enseignement majeur d'une discipline indiscrète et irrespectueuse qui déracine les habitudes les plus vénérables ou les croyances les plus sacrées en exhumant leur origine terre à terre. « Historique », dans cette perspective, ne signifie plus *respectable* mais *révocable* et le philosophe-archiviste opère la mise à mort des codes qu'il met au jour. « Mon rôle, dit Foucault, est de montrer aux gens qu'ils sont beaucoup plus libres qu'ils ne le pensent, qu'ils tiennent pour vrais, pour évidents certains thèmes qui ont été fabriqués à un moment particulier de l'histoire et que cette prétendue évidence peut être critiquée et détruite [30]. » L'enquête historique délivre ainsi les hommes de l'idée de nature pour mieux les affranchir ensuite de leur histoire. Malicieuse autant qu'elle est minutieuse, cette érudition découvre l'« immense et proliférante criticabilité des choses [31] », et elle constate avec délices non pas notre dépendance à l'égard d'une source qui nous transcende mais, tout au contraire, la « friabilité générale des sols [32] » les plus solides et les plus familiers. L'analyse des limites qui nous sont posées est simultanément, dit encore Foucault, épreuve de leur franchissement possible. Ce positiviste paradoxal veut anéantir le pouvoir des positivités. « Dégager de la contingence qui nous fait être ce que nous sommes la possibilité de ne pas être, faire ou penser ce que nous sommes, pensons ou faisons [33] » : en assignant cette tâche à la critique philosophique du présent, Foucault s'insurge, certes sur un tout autre mode que Sartre, mais comme Sartre contre « tout ce qu'on peut indiquer de l'être humain par ces mots : cela *est* [34] ». Quand il dénonce les pensées humanistes qui prescrivent à l'homme un modèle, qui lui attribuent une essence ou qui le lestent d'une définition, il combat, sous le nom d'humanisme, le même adversaire que son adversaire. Enfin, quand il dit qu'il ne s'agit pas pour l'homme de partir à la découverte de son être propre, *mais* de s'inventer, de s'élaborer ou de se fabriquer lui-même, il renoue, en deçà de Sartre, avec l'inspiration du premier humanisme : celui qui, au sortir du Moyen Age, saluait dans l'homme une « œuvre de type indéfini » à qui revenaient la charge et le périlleux honneur de façonner son être, de le modeler, de lui donner forme par la vertu et par l'art.

Réinvesti fiévreusement après une guerre dont l'un des protagonistes avait pour but déclaré d'engloutir l'humanité dans la nature, l'humanisme de Pic de La Mirandole demeure, par-delà ruptures et anathèmes, l'horizon indépassé de la pensée et de la morale post-modernes. Cette morale n'est pas moralisatrice et cet humanisme n'est pas mou. Mais peut-on en rester à cette morale, peut-on se satisfaire de cet humanisme si l'on veut tirer les leçons du siècle et comprendre pourquoi la volonté la plus radicale de libérer l'humanité de ses chaînes a pu, comme sa soumission au déterminisme le plus inflexible, produire un univers concentrationnaire ?

CHAPITRE TROISIÈME

Le Triomphe de la Volonté

En 1927, c'est-à-dire un peu plus de trente ans après le début de l'affaire Dreyfus, dont il fut l'un des protagonistes les plus ardents et dont il n'aura cessé de méditer le sens, Julien Benda publie *La Trahison des clercs*. Les clercs, ce sont les intellectuels, et leur trahison réside, à ses yeux, dans l'abandon des valeurs idéales, universelles et désintéressées qu'ils ont pour mission d'honorer, au profit de l'exaltation effrénée des particularismes. Les prêtres de l'esprit manquent au devoir de leur charge quand ils invoquent les valeurs nationales pour faire honte aux hommes « de toute aspiration à se sentir en tant qu'hommes dans ce que cette qualité a de général et de transcendant aux désinences ethniques [1] », et quand, au nom de la lutte des classes, ils invitent les ouvriers à laisser tomber la « justice en soi », l'« humanité en soi » [2] et autres oripeaux de l'idéalisme.

Race ou classe, c'est tout un, dit alors Benda. La passion réactionnaire et celle de la révolution ont beau afficher leur antagonisme, en fait elles se ressemblent et, tout en s'affrontant, se coalisent pour livrer la morale et la vérité universelles au mépris des hommes. L'une et l'autre ne destituent le culte du moi que pour pratiquer sans vergogne l'idolâtrie du groupe. Selon l'auteur de *La Trahison des clercs*, un même égoïsme sacré est à l'œuvre chez les doctrinaires qui exhortent leur nation à s'enivrer d'elle-même jusqu'à la barbarie et chez ceux qui, sur le bord opposé, démontrent au prolétaire qu'« il lui faut s'enfoncer dans la conscience de ses intérêts *spéciaux*, se faire une morale *spéciale*, une intelligence *spéciale*, abolir dans son cœur toute idée d'une communauté d'essence entre lui et les hommes de l'autre classe[3] ».

C'est par cette analyse que Benda est passé à la postérité. De toute son œuvre, seule *La Trahison des clercs* est restée célèbre. Mais quelle célébrité ! Depuis 1927, il ne se passe pas d'année, de semestre voire de semaine sans que soit fustigée, dans un éditorial bien senti, telle forme classique ou inédite d'abjuration intellectuelle. Benda, pourtant, s'est fourvoyé. Il a eu l'intuition d'une ressemblance, mais il n'a pas su la fonder. Sa comparaison était juste, mais sa critique reposait sur un contresens. Fermé à la pensée dialectique, il n'a pas saisi l'articulation du particulier et de l'universel dans le communisme. Si le prolétaire est bien invité à se désolidariser, comme il le dit, des hommes de l'autre classe, c'est pour édifier sur le cadavre de la société bourgeoise une société enfin solidaire. Si son égoïsme est sacré, c'est parce que, à l'encontre de ses ennemis, il porte dans l'histoire une promesse d'émancipation générale. Et si le parti des travailleurs s'appelle le Parti avec une majuscule et tout court, c'est parce qu'il n'est pas *une partie* mais la totalité : l'idée de travailleurs est assez vaste pour embrasser l'espèce humaine. Pourquoi Louis Althusser, dans une communication présentée, le 2 février 1968, à la Société française de philosophie, peut-il créditer Lénine de ce « rire entier et franc auquel les pêcheurs de Capri reconnaissaient qu'il était de leur race et de leur camp[4] » ? Parce que cette race est celle de l'humanité lésée et ce camp celui de la réparation pour le dommage qu'elle a eu à subir.

Mais Benda ne devait pas mourir idiot : il eut, vingt ans plus tard, la révélation de l'universalisme communiste. Lorsqu'en 1949 s'ouvrit à Budapest le procès de Rajk, ministre hongrois accusé d'avoir fomenté avec la Yougoslavie titiste un complot antisoviétique, Benda écrivit : « Lors de l'Affaire Dreyfus, les partisans de l'ordre estimaient que les aveux d'Esterhazy n'étaient pas une preuve. Les ennemis hongrois de la justice et leurs compères internationaux ont trouvé mieux. Ils soutiennent que les aveux de Rajk et de ses complices prouvent qu'ils n'ont pas commis les actes dont on les charge[5]. »

Nul reniement, chez Benda, de son dreyfusisme originel quand il se laisse prendre à un procès truqué. La guerre, simplement, a eu lieu. La guerre c'est-à-dire, aux yeux de ce métaphysicien intraitable, la lutte à mort entre les deux adversaires identifiés dans *La Trahison des clercs*. Lumières contre Romantisme ; défense de l'universel contre glorification du particulier ; affirmation de la liberté de l'esprit contre enracinement de l'homme dans le sol de sa patrie, de l'esprit dans la tradition, de l'action dans les mœurs, et de la pensée dans la langue : Benda est ou croit être en pays de connaissance, à ceci près, pourtant, que les nazis ont érigé le bolchevisme en ennemi absolu. Il ne peut donc plus être question pour lui de considérer la Révolution comme un romantisme de gauche, ou comme une variante ouvriériste de la pensée réactionnaire. Hitler vient de rendre au communisme sa dimension d'universalité et de le replacer à l'avant-garde des Lumières. D'où la caution apportée au procès et à la condamnation de Rajk par le dernier des dreyfusards.

D'où aussi la longue résistance de l'intelligentsia européenne au livre que Hannah Arendt publie en 1951, *Les Origines du totalitarisme*. Un même concept ne peut abriter deux systèmes dont l'antagonisme a été scellé dans le sang de millions d'hommes. La seule chose que l'on puisse qualifier de totale, dans cette affaire, c'est précisément la guerre qui vient de les opposer. Six ans après la capitulation du Reich, cette évidence *crève les yeux*.

Ce n'est pas de propos délibéré, cependant, que Hannah Arendt s'est mise dans cette position délicate et même scabreuse. Très loin d'être animée, comme on a pu l'en accuser, par un esprit de guerre froide et de vouloir, à toute force, diaboliser le nouvel ennemi de sa nouvelle patrie, elle n'avait, au moment de commencer son enquête, aucun compte à régler avec le communisme. *« Qu'est-ce qui s'est passé ? Pourquoi cela s'est-il passé ? Comment cela a-t-il été possible*[6] *? »* Ces questions lui ont été dictées par l'apocalypse hitlérienne et l'idée du livre est née en 1943, comme « un projet pour tenter de penser l'*inutilité* du massacre des Juifs [7] ». L'analogie sacrilège s'imposera graduellement en 1947 avec la découverte des camps soviétiques, et découlera philosophiquement d'une compréhension foncièrement originale de l'horreur nazie.

Que la doctrine national-socialiste écrase la liberté humaine sous le poids des déterminations ethniques, Hannah Arendt en est certes d'accord avec tous ses contemporains. Mais le préjugé naturaliste et la division de l'espèce humaine en humanités distinctes ne suffisent pas, selon elle, à identifier le mal. Le rejet de la morale universelle se combine, dans le racisme nazi, avec la fantastique rigueur d'un système universel d'explication. Pour les nationaux-socialistes, en effet, tous les chemins ramènent au Juif. Le Juif n'est pas seulement différent, il est maléfique, il est invisible et il est tout-puissant. Sa dispersion même témoigne de sa volonté d'assujettir les peuples et de faire main basse sur l'univers. Découvrant en 1920 *Les Protocoles des Sages de Sion*, Hitler rend grâce à ce document de lui avoir révélé « d'une manière irréfutable la nature et les activités du peuple juif » en exposant « leur logique intérieure et leurs buts finaux » [8]. Passionnelle, la haine exprimée dans ces lignes se caractérise moins cependant par sa virulence que par sa prétention à rendre raison de l'Histoire. Cette haine ne se contente pas de haïr, elle voit. Ce n'est pas son intensité qui est ici déterminante, c'est son pouvoir de divulgation. Un tel antisémitisme n'est jamais pris en défaut car il substitue la *transparente opacité du complot* à l'anarchie du monde visible. Fou, mais au sens de Chesterton, le nazi n'est pas l'homme qui a perdu la raison. Il est l'homme qui, ayant tout perdu sauf la raison, récuse le donné, toujours déconcertant, au profit d'une infalsifiable cohérence. Apprend-on que *Les Protocoles des Sages de Sion* sont un texte forgé, à des fins de propagande, par la police du tsar ? « Ce n'est pas pour rien, répond Hitler, que la *Frankfurter Zeitung* ne cesse de clamer que les *Protocoles* sont basés sur un faux : c'est même la meilleure preuve de leur authenticité. » Les Juifs conspirent. Or cette conspiration a été découverte. Donc ils doivent impérativement faire croire à une fable et crier à la mystification.

En accomplissant non la destruction de la raison, comme le diagnostiquait Lukács, mais la destruction du sens commun par une logique entièrement livrée à elle-même, ce racisme ergoteur et inexorable marque une rupture décisive avec la pensée réactionnaire et avec l'héritage de la contre-Révolution. Dans la séquence historique qui va de 1789 à 1793, c'est-à-dire de la Déclaration des droits de l'homme à la dictature jacobine, la contre-Révolution voit la preuve éclatante « du fait que l'homme ne saurait par lui-même et privé du secours de la religion rompre aucune des chaînes qui l'oppriment sans tomber dans un esclavage plus avilissant encore [9] ». Le renversement de la libération radicale en Terreur illimitée est le châtiment que subit l'homme pour ce putsch sacrilège : avoir voulu se faire, à la place de Dieu, non plus seulement l'acteur, mais l'auteur de sa propre histoire. L'homme a oublié la Chute, martèlent tous les grands réactionnaires, c'est pour cela qu'il est tombé si bas, et qu'il s'est fait si mal.

Or l'antisémitisme nazi ne dit rien de tel : il ne publie pas la corruption de la nature humaine, il dénonce sans relâche la conspiration des Méchants. La solennelle mise en cause du prométhéisme cède la place au combat sans merci contre l'ennemi du genre humain. Le péché originel n'est plus invoqué pour assagir la volonté de l'homme, le convaincre de l'inanité du changement et le ramener à la raison, c'est-à-dire à l'obéissance, c'est la raison qui, libre de toute entrave, démontre à l'homme qu'une puissance clandestine est à la source de ses disgrâces ou de ses ennuis. Cette logique sans garde-fou a ceci de gratifiant qu'elle élimine, d'un seul tenant, l'événement aléatoire et la responsabilité personnelle, le fortuit et la faute. Dans la vision nazie du monde, il n'y a de place ni pour les caprices de la fortune ni pour la vengeance des cieux. Le malheur qui m'accable ne procède jamais du hasard ou de mes propres carences, mais du scélérat invisible et tentaculaire dont je subis quotidiennement la perversité. Le péché n'est plus en moi mais – redoutable transfert – en lui. Je ne suis pas faillible, je suis martyrisé. Aux objections élevées contre la justice divine, Joseph de Maistre répondait : « Nul homme n'est puni comme juste, mais toujours comme homme en sorte qu'il est faux que la vertu souffre dans ce monde : c'est la nature humaine qui souffre et toujours elle le mérite [10]. » Dans le monde dédivinisé qu'habitent les nazis, le mal n'est plus « une question transcendante relevant, pour ainsi dire, de la politique extérieure de l'humanité », mais « une question immanente relevant de sa politique intérieure »[11]. La souffrance, qui était vécue comme une expiation, est ressentie comme une agression. La paranoïa prend le pas sur la névrose. A l'austère et pénitentiel « victime parce que coupable » de la contre-Révolution, succède un « victime parce que les Juifs » révolutionnaire et terrifiant. « Ne pensez-vous pas que vous accordez une trop grande importance aux Juifs ? », demandait timidement Rauschning au chancelier du Reich, un jour où celui-ci était en veine de confidences. « Non ! Non ! Non ! lui fut-il répondu avec véhémence. Il est impossible d'exagérer la stature du Juif en tant qu'ennemi »[12]. Le grand Céline dira la même chose à son inimitable façon : « Les Aryens sont toujours cocus. »

On est donc à mille lieues de l'exclamation d'Edmund Burke : « Massacres, tortures, potences, voilà vos Droits de l'Homme[13]. » La mise en garde contre les conséquences de la démesure a cédé la place à cette idée démesurée que, le monde humain étant un choc de puissances, tout est possible. Une fois avérées la force, la subtilité et l'ubiquité de l'Ennemi, Hitler conclut logiquement qu'il lui faut, sans plus tarder, passer à l'acte : « Avec le Juif il n'y a point à pactiser, mais seulement à décider : tout ou rien ! Quant à moi, je décidai de faire de la politique[14]. »

Tout ou rien : Hitler introduit dans la politique ce principe radical parce que, dans son univers, nul recoin n'échappe à la logique du combat, rien, pas même la nature, n'a la stabilité rassurante de la nature : « Sous-jacente à la croyance des nazis en des lois de la race qui seraient l'expression en l'homme de la loi naturelle, écrit Hannah Arendt, se trouve l'idée de Darwin selon laquelle l'homme serait le produit d'une évolution naturelle qui ne s'arrête pas nécessairement à l'aspect présent de l'espèce humaine. [...] L'introduction par Darwin du concept d'évolution dans la nature, son insistance sur le fait que, dans le domaine biologique du moins, le mouvement naturel n'est pas circulaire mais unilinéaire, progressant à l'infini, signifient, en fait, que la Nature est engloutie dans l'Histoire, que la vie naturelle est tenue pour essentiellement historique [15]. »

Nietzsche, autrement dit, avait vu juste : le XXe siècle a été le théâtre d'une guerre pour la domination du monde au nom de principes philosophiques. Mais contrairement à ce que l'on affirme le plus souvent, cette guerre n'a pas opposé une vision historique à une conception naturaliste de l'humanité. Il est vrai que le nazisme définit l'homme comme un être naturel et qu'il subordonne sans façon l'esprit à la vie, mais la vie qu'il exalte n'est pas une vie sans histoire. Il prise le *fer* et le *faire*, non la pierre et l'immobilité. Alors que la pensée réactionnaire identifie le Mal au changement, la nature selon Hitler remue, avance et ne cesse de se développer. Interpréter les lois de ce mouvement et en exécuter les sentences : telle est la mission du *Führer*. S'il s'acharne contre la démocratie, c'est parce que celle-ci contrevient à l'évolution, c'est-à-dire au progrès de l'espèce, en protégeant les faibles. S'il veut la mort des Juifs, c'est pour libérer l'humanité et la conduire à son accomplissement final. Bien que convaincu lui-même de l'inégalité des races humaines, Hitler n'est donc pas plus l'héritier de Gobineau que celui de Joseph de Maistre, Edmund Burke, ou Adam Müller.

Gobineau, en effet, était un penseur mélancolique. « Votre idée mère, c'est la fatalité de la constitution appliquée non plus à un individu seulement mais à une collection d'individus qu'on nomme les races et qui vivent toujours [16] », lui écrivit son cher ami et grand adversaire, Tocqueville, après la parution de l'*Essai sur l'inégalité des races humaines*. Le siècle avait cinquante-trois ans et le livre, d'après Tocqueville, tombait à point nommé dans une Europe fatiguée du volontarisme : « Le siècle dernier avait une confiance exagérée et un peu puérile dans la puissance que l'homme exerce sur lui-même et dans celle des peuples sur leurs destinées. C'était l'erreur du temps. [...] Nous vivons maintenant dans l'excès opposé : nous avons cru tout pouvoir, nous croyons aujourd'hui ne pouvoir rien et nous aimons à croire que la lutte et l'effort sont désormais inutiles et que notre sang, nos muscles et nos nerfs seront toujours plus forts que notre volonté et notre vertu. C'est proprement la grande maladie du temps, maladie tout opposée à celle de nos pères [17]. »

On ne trouve pas le moindre symptôme de cette maladie de langueur, en revanche, dans le racisme hitlérien. Loin de s'opposer, au nom de la permanence des caractères raciaux ou de leur dégradation fatale, à la possibilité d'une amélioration substantielle de l'humanité,

Hitler exclut la catégorie même de l'impossible. De l'idée de race, il déduit non pas la force du déterminisme, mais la détermination de l'Ennemi et la dimension cosmique du combat qui l'y oppose. La lutte pour la vie révèle la politique comme le lieu où se décide l'avenir de l'espèce humaine. Les frustrations que connaît l'action et les entraves qu'elle rencontre sont balayées d'un seul geste. Il n'y a pas de limites objectives au faisable, il n'y a que des résistances subjectives donc éliminables. Nul obstacle qui ne dissimule un agissement, nul écart entre le but caressé et l'exécution qui ne soit le fait d'un saboteur. Ce n'est pas à l'existence des autres mais à la malveillance de l'Autre qu'est due la non-conformité de ce qui advient aux fins que l'on poursuit ou aux plans que l'on échafaude. L'adversité procède toujours de l'Adversaire. L'espace public est un champ de bataille. Et pour gagner la bataille, il faut se mettre au diapason de l'Adversaire, se faire aussi universel que lui. « L'idée de nation a été vidée de sa substance, confiait Hitler à Rauschning. J'ai dû m'en servir au début, pour des raisons d'opportunité historique. Mais à ce moment déjà je savais parfaitement qu'elle ne pouvait avoir qu'une valeur provisoire. Laissez la Nation aux démocrates et aux libéraux ! C'est une notion que nous devrons laisser tomber. Nous lui substituerons un principe plus neuf, celui de la race. Ce ne sont pas des peuples délimités par l'histoire qui serviront de matériaux pour la construction de l'ordre futur. Ce serait une entreprise futile que de vouloir réformer et corriger les frontières ou les peuplements. Il ne s'agira plus de la concurrence des nations mais de la lutte des races. [...] Comprenez-vous ce que je veux dire ? Il faut que je libère le monde de son passé historique. Les nations sont les matériaux visibles de notre histoire. Il faut donc que je brasse ces nations, que je les moule dans un ordre supérieur, si je veux mettre une fin au chaos d'un passé historique devenu absurde. [...] Avec la notion de race, le national-socialisme conduira sa révolution jusqu'à l'établissement d'un ordre nouveau dans le monde [18]. »

La politique selon la nation *participait* à l'histoire humaine. La politique selon la race *construit* l'histoire de l'humanité. L'histoire n'est plus le théâtre d'aventures multiples et entrecroisées mais un unique processus de fabrication. L'action est pensée comme architecture : il ne s'agit plus de *faire avec*, mais de faire œuvre, et cette radicalisation du pouvoir de faire implique tout un idéalisme de la cruauté, tout un puritanisme du mal. La violence nazie doit être accomplie non par goût mais par devoir, non par sadisme mais par vertu, non par plaisir mais par méthode, non dans le déchaînement des pulsions sauvages et l'abandon des scrupules mais au nom de scrupules supérieurs, avec une compétence de professionnel et dans le souci constant de l'œuvre à exécuter. « Dans les pays civilisés, écrit Hannah Arendt, la loi suppose que la conscience de chacun lui dise : "Tu ne tueras point", même si chacun a, de temps à autre, des penchants ou des désirs meurtriers. Par contre, la loi du pays de Hitler exigeait que la conscience de chacun lui dise : "Tu tueras", même si les organisateurs des massacres savaient parfaitement que le meurtre va à l'encontre des penchants et des désirs de la plupart des gens. Dans le Troisième Reich, le mal avait perdu cet attribut par lequel on le reconnaît généralement : celui de la tentation[19]. » Le pouvoir hitlérien, autrement dit, n'a pas instauré le règne du crime sur les ruines de la morale : il a donné au crime toute l'apparence – et tout l'appareil – d'une morale avec obligations et sanctions. « Parce que les lois sont généralement dures, disait Péguy, on croit que ce qui est dur est forcément une loi[20]. » Parce que la vertu est difficile, on croit que ce qui est rigoureux est vertueux : l'État SS a poussé le quiproquo jusqu'à engager la lutte contre la compassion au nom de la résistance à la tentation, et jusqu'à se représenter comme un manquement à l'idéal toute défaillance devant la misère impérieuse d'un visage humain. Il a combattu le Décalogue par sa contrefaçon et non par la débauche ; il a assigné à des hommes on ne peut plus consciencieux la tâche héroïque de terrasser la conscience ; il a choisi la voie escarpée de l'ascèse pour venir à bout du scrupule d'être et pour libérer l'homme du vieil homme : « Les immorales raides, quand elles s'y mettent, sont infiniment plus dangereuses que les immorales souples. Car étant raides, on les prend pour des lois[21]. »

Abordant devant un cercle très restreint de responsables SS « la question la plus difficile », celle du sort des Juifs, Heinrich Himmler exhorta ses hommes à se montrer forts, c'est-à-dire sourds aux innombrables requêtes « disant que, bien sûr, tous les Juifs sont des porcs, sauf untel et untel qui sont des Juifs convenables auxquels on ne doit rien faire »[22]. La pitié était dangereuse, aux yeux du *Reichsführer SS*, parce qu'elle faisait des exceptions. Or, faire des exceptions, ce n'est déjà plus *faire* mais à nouveau *faire avec* ; c'est pactiser *avec* l'Ennemi quand l'heure a sonné de son anéantissement ; c'est transiger *avec* la réalité du monde au lieu d'en façonner résolument les traits ; c'est retomber de l'absolu dans le relatif ; c'est trahir les exigences radicales de l'histoire pour une politique traditionnelle d'accommodements et de compromissions.

Himmler mettait d'ailleurs la vénalité dans le même sac que l'attendrissement. Cupidité ou charité, se laisser corrompre ou se laisser fléchir : deux tentations coupables ; deux infidélités à l'histoire ; deux égarements de la sensibilité ; deux sorties de route également répréhensibles. Aussi précisait-il dans le même discours : « Nous n'avons pas le droit de prendre un seul pfennig sur les biens confisqués aux Juifs. J'ai arrêté dès le départ que le SS qui prendrait ne serait-ce qu'un mark serait condamné à mort. Ces derniers jours, je peux le dire franchement, j'ai signé pour cette raison une dizaine d'arrêtés de mort[23]. » La majesté du devoir, comme disait l'autre, n'a rien à voir avec les jouissances de la vie.

La réflexion de Hannah Arendt sur le totalitarisme est née, on s'en souvient, de sa stupeur devant l'inutilité de l'Extermination. Comment les nazis ont-ils pu, se demandait-elle et se demande-t-on toujours, prendre une décision aussi contraire à leurs besoins et massacrer méthodiquement une main-d'œuvre gratuite, abondante, qualifiée et indéfiniment corvéable ? C'est, répond à l'avance le chef de la Gestapo, que rien d'utilitaire, nulle considération matérielle, aucun calcul économique ou stratégique ne devaient retarder l'échéance ni entacher la pureté de cette opération accomplie pour le salut de l'Allemagne et celui du genre humain. « Si l'Allemagne se libère de l'étreinte juive, avait écrit, dans *Mein Kampf*, celui qui n'était encore qu'un agitateur de brasserie, on pourra dire que le plus grand danger des peuples a été brisé pour l'univers entier [24]. » Et quand le temps est venu de mettre cet immense projet à exécution, il faut savoir prendre sur soi. « Je crois que vous me connaissez suffisamment, messieurs, déclare Himmler à ses généraux le 24 mai 1944, pour savoir que je ne suis pas assoiffé de sang et que je ne prends aucun plaisir à accomplir quelque chose de pénible. Mais j'ai un système nerveux suffisamment solide et une conscience de mon devoir suffisamment développée – j'ai cette prétention – pour accomplir sans compromis une chose dont j'ai reconnu la nécessité [25]. » Cette nécessité à laquelle Himmler sacrifie ses intérêts comme ses inclinations, c'est l'évolution, qui ne s'arrête pas à l'aspect présent de l'espèce humaine et qu'il s'agit de mener sans faiblesse jusqu'à son terme.

A la différence de l'antisémite selon Sartre, le criminel nazi n'a donc pas besoin de l'Ennemi pour se sentir naturellement supérieur ou pour se réaliser, sans rien faire, comme membre d'une élite et comme sujet de droit. Il ne fuit pas son incommode liberté dans la haine d'un être à la fois pernicieux et inférieur, il projette dans cet être *sa propre négation de toutes les frontières*. En décrétant un « eux ou nous » planétaire, il atteste son refus non de la condition d'homme libre, mais des limites inhérentes à la condition humaine. Ce racisme est certes, comme tous les autres, acceptation et même revendication d'un déterminisme. Les prétentions de la conscience individuelle y sont dénoncées au nom des contraintes de l'hérédité et des lois dictées par l'inconscient collectif. Au privilège paradoxal que l'humanisme, de Pic de La Mirandole à Sartre, confère à l'homme : n'être, originairement, absolument rien, la doctrine hitlérienne oppose le bouclage définitif des êtres dans leur être. Mais au lieu de conduire à l'humiliation de la volonté, comme dans la pensée réactionnaire ou le racisme classique, ce fanatisme de l'assignation se conjugue avec le fanatisme de l'action et proclame le triomphe de la volonté sur toutes les modalités de la finitude.

Le triomphe de la volonté sur toutes les modalités de la finitude : telle est aussi la formule du communisme stalinien. Certes, il y a, entre l'État SS et le régime soviétique, de nombreuses différences, qui tiennent à la nature de l'autorité, aux conditions économiques, à la composition sociale du parti, aux valeurs invoquées, aux objectifs poursuivis, à l'échelle et à la fonction de la terreur. « En admettant même que la terreur stalinienne était populaire dans de nombreuses couches de la population, son ampleur laisse supposer que le régime ne pouvait s'appuyer sur un consensus un tant soit peu comparable à celui du régime hitlérien [26] », écrit justement l'historien Ian Kershaw. Reste pourtant ce noyau ontologique fondamental : dans les deux systèmes, les phénomènes sociaux sont appréhendés comme des processus et les formes d'être comme des forces en mouvement ; pour l'un et l'autre, on peut dire, en reprenant la formule de Chesterton sur l'évolution, qu'« il n'existe pas une chose telle qu'une chose. Tout au plus existe-t-il une chose unique : un flot de tout et de n'importe quoi [27] » ; ici et là s'exprime la certitude de nager dans le sens du courant. Guerre de classes ou guerre de races, on voit ainsi se déployer, par-delà l'antagonisme des valeurs, un même « tout est possible », une même conception du politique comme champ de l'omnipotence, une même et vertigineuse absence de scrupules envers le donné, fondée sur le même volontarisme, c'est-à-dire sur la même conviction philosophique et paranoïaque que rien n'existe indépendamment du conflit des volontés. Dans les deux cas, enfin, c'est moins la sauvagerie qui pousse au crime que la *radicalité*, c'est-à-dire l'obligation de suivre, sans hésitations ni faux-fuyants, sa pensée jusqu'à ses ultimes conséquences.

Lisons *Le Zéro et l'Infini* d'Arthur Koestler. Le héros, Roubachov, est membre de la vieille garde bolchevique, celle qui a fait la révolution d'Octobre. Jeté en prison par Staline (appelé dans le roman de ce nom qui n'est plus un nom : « le N° 1 »), il se révolte d'abord contre son sort, médite dans sa cellule sur la faillite ou l'enlisement de la révolution puis, de guerre lasse, ou plutôt parce qu'il n'a pas la force physique, morale ni intellectuelle de se soustraire pour de bon à la logique dont il est victime après l'avoir lui-même implacablement mise en œuvre, Roubachov signe les aveux qu'on lui demande et accepte de plaider coupable à son procès. Coupable de quoi ? « Coupable d'avoir suivi des impulsions sentimentales et donc d'avoir été amené à me trouver en contradiction avec la nécessité historique. » Et Roubachov précise devant son magistrat instructeur : « J'ai prêté l'oreille aux lamentations des sacrifiés, et suis ainsi devenu sourd aux arguments qui démontraient la nécessité de les sacrifier. Je plaide coupable d'avoir placé la question de la culpabilité et de l'innocence avant celle de l'utilité et de la nocivité. *Finalement, je plaide coupable d'avoir mis l'idée de l'homme au-dessus de l'idée de l'humanité* »[28].

Avec retard, Roubachov capitule ainsi devant les arguments du précédent juge, membre, comme lui, de la génération des pères fondateurs et passé à la trappe pendant l'enquête. Se vendre à sa conscience, lui avait dit le camarade Ivanov, c'est faillir à son devoir envers l'humanité. Et il avait poursuivi sa démonstration en ces termes : « Il n'y a que deux conceptions de la morale humaine, et elles sont à des pôles opposés. L'une d'elles est chrétienne et humanitaire, elle déclare l'individu sacré, et affirme que les règles de l'arithmétique ne doivent pas s'appliquer aux unités humaines [...]. L'autre conception part du principe fondamental qu'une fin collective justifie tous les moyens, et non seulement permet mais exige que l'individu soit en toute façon subordonné et sacrifié à la communauté – laquelle peut disposer de lui soit comme d'un cobaye qui sert à une expérience, soit comme de l'agneau que l'on offre en sacrifice. La première conception pourrait se dénommer morale antivivisectionniste ; la seconde, morale vivisectionniste. [...] As-tu jamais lu les brochures d'une société antivivisectionniste ? Il y a de quoi vous convaincre et vous fendre le cœur ; quand on lit comment un pauvre roquet à qui on a enlevé le foie geint et lèche la main de son bourreau, on a envie de vomir, comme toi ce soir. Mais si ces gens-là avaient voix au chapitre, nous n'aurions pas de sérum contre le choléra, la typhoïde ou la diphtérie [29]. »

Cette analogie entre l'expérimentation animale et les sacrifices humains ne va pas de soi, c'est le moins qu'on puisse dire. Essayons pourtant de réfléchir à sa signification, avant de dénoncer le sophisme ou le scandale. Ce qu'Ivanov veut faire apparaître, c'est la querelle intestine entre la pitié et la raison. La raison affirme et illustre l'existence d'un règne humain séparé. La pitié désavoue cette prétention dans la mesure où, comme l'avait bien vu Rousseau, elle ne se définit pas seulement par la répugnance à voir souffrir son semblable mais par la tendance à découvrir son semblable en tout être souffrant. C'est au nom de la raison que l'homme s'arroge le droit de disjoindre l'humanité de l'animalité ; c'est la pitié en lui qui traverse la frontière et qui l'identifie au pauvre roquet en train de geindre ou, pour peu qu'on les lui montre, à ces machines à produire, à ces misérables laboratoires vivants que sont devenus, dans l'élevage intensif, les animaux de consommation. Ainsi le même mot d'humanité désigne-t-il à la fois une royauté et sa contestation, une espèce distincte et une sensibilité buissonnière.

Que se passe-t-il, en effet, quand, avec l'égalité croissante des conditions, tombent les identifications obligées, « que ce soit celle d'une culture à cette culture, ou celle d'un individu, membre d'une culture, à un personnage ou à une fonction sociale que cette même culture cherche à lui imposer[30] » ? L'identification devient libre. Ce qui signifie, comme le montre Lévi-Strauss commentant Rousseau, qu'elle se réalise « *au-delà de l'homme* : avec tout ce qui vit, et donc souffre ; et aussi *en deçà* de la fonction ou du personnage : avec un être non déjà façonné, mais donné[31] ». L'homme, autrement dit, passe les bornes : il ne se tient plus, *son cœur ne sait pas où donner de la tête*. En vain s'agira-t-il d'étrangers, d'ennemis ou d'animaux : aux bêtes privées de langage et de raison, la vulnérabilité et l'effroi confèrent un visage.

Il n'y a, dans cette empathie, pas le moindre soupçon de vitalisme. L'homme que la pitié entraîne hors des sentiers battus ne découvre pas son animalité au terme du voyage. Il ne lui viendrait jamais à l'idée de contester, au nom des exigences de l'instinct, le règne inhibant et mortifère de l'esprit, ou de faire de la lutte pour la vie l'unique loi de l'être. Car ce n'est pas le spectacle de la vie qui fait naître son émotion, c'est la menace de la mort ; ce n'est pas le fauve, c'est la proie ; ce n'est pas l'anéantissement voluptueux de l'homme dans la nature, c'est l'extension de la communauté des mortels à d'autres créatures que les sociétaires du genre humain.

La pitié n'est donc pas fasciste, mais, dirait Ivanov, elle est deux fois bête : bête parce qu'elle oublie, au profit des pauvres bêtes, les besoins des hommes ; et bête, plus généralement, parce qu'elle ne sait pas s'élever de la misère particulière qu'elle a sous les yeux à la visée de l'universel. Pour Ivanov, la preuve est faite par les défenseurs des animaux que l'homme s'égare dans le sentiment d'humanité. La raison lui impose de se ressaisir, mais aussi la justice : cette justice supérieure à la pitié, en ce qu'elle est trop soucieuse du sort de la communauté humaine pour se laisser prendre au piège d'un visage en larmes ou de la détresse singulière d'un individu.

On ne peut, bien sûr, accepter sans réagir cette légitimation de l'écrasement totalitaire des hommes par le traitement que notre modernité inflige aux bêtes pour nourrir les hommes, pour les vêtir et pour mieux les soigner. Mais peut-être n'est-il pas non plus tout à fait illégitime d'ouvrir, avec et contre Ivanov, une nouvelle querelle de Valladolid. Peut-être y a-t-il, dans ce lien spécieusement tissé pour les besoins d'une mauvaise cause, une vérité cachée et qui pourrait s'énoncer ainsi : « La vraie bonté de l'homme ne peut se manifester en toute pureté et en toute liberté qu'à l'égard de ceux qui n'ont aucune force. Le véritable test moral de l'humanité (le plus radical, qui se situe à un niveau si profond qu'il échappe à notre regard), ce sont ses relations avec ceux qui sont à sa merci : les animaux. Et c'est ici que s'est produite la plus grande déroute de l'homme, débâcle fondamentale dont toutes les autres découlent[32]. »

Toujours est-il que le juge logicien mis en scène par Koestler compromet, à son tour, l'idée même d'humanité dans son éloge et dans sa pratique de l'inhumain. A l'encontre des doctrinaires nazis, l'équité l'obsède, non la puissance. Il ne milite pas pour l'instauration d'une hiérarchie des races, mais pour la réalisation d'une société authentiquement égalitaire et homogène ; il ne veut pas libérer les forts et liquider la morale ; il veut venger les faibles, car il prend la morale au sérieux. Ce qui, malgré ces énormes dissemblances, le rapproche du Doktor Pannwitz, c'est l'arraisonnement, en lui, de la compassion par l'Histoire et c'est le sacrifice à l'humanité en marche des liens humains évidents ou élémentaires.

Plutôt que de parler, comme Lévi-Strauss, de régression, il faut donc admettre que le XXe siècle a été le théâtre d'un affrontement entre les deux composantes de l'idée moderne d'humanité, la dignité et l'Histoire, et que cette bataille a tourné au triomphe sanglant de l'Histoire sur la dignité. Alors que le concept de dignité attribue à chaque personne, en vertu même de son humanité, une valeur intrinsèque et absolue, le concept d'histoire ou de développement de l'humanité n'accorde aux êtres humains qu'une valeur relative : « La dignité de l'homme exige que chaque être singulier soit vu dans sa particularité et perçu, en tant que tel, comme le miroir du genre humain en général[33] » ; l'idée de progrès, en revanche, proclame la suprématie ontologique de la vie de l'humanité sur la vie des hommes. « Le principe : il n'y a que des individus, est vrai comme fait physique et non comme proposition téléologique, écrit Renan dans *L'Avenir de la science*, cette bible du progrès. Dans le plan des choses, l'individu disparaît ; la grande forme esquissée par les individus est seule considérable [34]. » Et de s'exclamer : « Que me fait cet homme, qui vient se placer entre l'humanité et moi ? [...] La vraie noblesse n'est pas d'avoir un nom à soi, un génie à soi, c'est de participer à la race noble des fils de Dieu, c'est d'être soldat perdu dans l'armée immense qui s'avance à la conquête du parfait [35]. »

Couronnant le siècle et la pensée des Lumières, Kant affirme ensemble l'égale dignité de tous les hommes et le progrès de l'humanité. Instruits par un siècle qui a pris à la lettre les grandioses images de *L'Avenir de la science*, nous ne pouvons qu'en rabattre, et affirmer avec Hannah Arendt : « Il est contraire à la dignité humaine de croire au progrès [36]. » D'autant plus contraire, peut-on ajouter, que l'espérance est grande. Si le progrès se définit comme la conquête et la réalisation du parfait, c'est-à-dire comme l'accession de l'Homme à une souveraineté absolue ; si, en d'autres termes, la mission de l'Histoire consiste à libérer l'humanité de la finitude en lui transférant les attributs divins de l'omniscience et de l'omnipotence, alors les serviteurs de l'Histoire doivent rendre raison de son surplace, de ses retards, de ses revers, voire de ses reculs. Le malheur ne pouvant plus être référé à la justice du Très-Haut ou à la fourberie du diable, et la condition humaine n'étant déclarée finie que par ceux qui ont intérêt à maintenir l'état des choses, le temps est venu de la preuve par l'Adversaire. Dieu est mort : tout est ennemi. Nos échecs révèlent sa malfaisance, non notre finitude. Celle-ci, elle-même, est sa faute, non notre lot. Il faut donc le détruire pour accomplir la grande promesse de l'histoire. Le camarade Roubachov n'est finalement exécuté qu'après avoir été convaincu d'actes de sabotage pour des motifs contre-révolutionnaires et pour le compte d'une puissance étrangère.

C'est donc forte de la preuve par l'Adversaire que la pensée totalitaire adresse une *fin de non-percevoir* à la réalité telle qu'elle se donne et à l'événement comme il vient. C'est appuyée sur la certitude inébranlable d'une lutte à mort entre l'homme et l'ennemi du genre humain qu'elle s'émancipe de la réalité que nous appréhendons au moyen de nos cinq sens et qu'elle affirme « l'existence d'une réalité “plus vraie”, dissimulée derrière les choses sensibles, les gouvernant de cette retraite et requérant, pour que nous puissions nous en aviser, la possession d'un sixième sens [37] ».

A ce sixième sens et à cette pensée affranchie de toute expérience par son pouvoir même de tout expliquer, Hannah Arendt donne le nom d'idéologie. Avec l'idéologie, qu'elle soit raciste ou communiste, « le concept d'hostilité est remplacé par celui de conspiration, et ceci crée un état d'esprit où la réalité – l'hostilité réelle ou l'amitié réelle – n'est plus vécue et comprise en ses termes propres mais est automatiquement censée renvoyer à une signification autre [38] ». Ainsi Arendt prend-elle le contre-pied de Marx et de tous ceux qui, après la guerre et à cause de la guerre, se sont réclamés du concept marxiste d'idéologie pour faire la chasse à l'idée de nature. L'idéologie, selon Arendt, ce n'est pas le mensonge des apparences, c'est bien plutôt le soupçon jeté sur les apparences et la présentation systématique de la réalité que nous avons sous les yeux comme un écran superficiel et trompeur. Ce n'est pas la foi perceptive, c'est l'incrédulité. Ce n'est pas l'acceptation naïve du visible, c'est sa destitution intelligente. Ce n'est pas, en un mot, l'effacement frauduleux de l'historique sous l'atemporalité de l'essence, c'est, bien plutôt, la résorption de l'« il y a » immaîtrisable, de l'indétermination du monde et de la troublante diversité des événements dans un drame historique à deux personnages à la fois soustrait aux regards et offert au savoir.

« Tout est décrit efficacement lorsque les faits ont quitté l'ordre d'une fausse Nature pour réintégrer l'ordre vrai de l'Histoire », affirmait Roland Barthes en 1951 – l'année de parution des *Origines du totalitarisme* – dans un article intitulé « Humanisme sans paroles ». Et il ajoutait : « C'est parce que rien dans le passé n'existe en dehors de la raison historique que l'avenir peut devenir la propriété entière des hommes qui le feront » [39]. On qualifiera d'idéologiques ou de mystifiantes, dans cette perspective, la reconnaissance d'un excès irréductible de l'être sur la pensée, l'affirmation de la non-coïncidence du réel et du rationnel et la renonciation par l'humanité à la maîtrise totale de son destin. Ce qui relève, à l'inverse, de l'idéologie, pour Arendt, c'est la négation de l'aléatoire, c'est le refus de faire droit, dans les affaires humaines, à l'imprévisibilité et à ces formes de dessaisissement que sont l'événement, la rencontre ou le déjà-là, c'est, en un mot, l'effacement de toute limite et la suppression de l'idée même d'aventure par le concept d'Histoire.

Idéologie : un mot, deux acceptions. Il ne s'agit pas là d'une homonymie malencontreuse, mais d'un différend capital : en décrétant qu'il n'existe que des barrières idéologiques à l'avènement d'une humanité souveraine, on reconduit le mal du siècle. Seule permet de penser ce mal la mise en évidence du déni meurtrier de la finitude logé au cœur de l'idée que l'homme peut tout.

CHAPITRE QUATRIÈME

L'ironie de l'Histoire

Apparue à l'aube des Temps modernes avec le thème de la perfectibilité indéfinie de l'homme, gagée sur les conquêtes et les avancées de la science, l'idée de progrès s'épanouit au XIXe siècle en philosophie de l'Histoire, et cette philosophie introduit dans la tradition philosophique un immense bouleversement : par elle, l'immémorial défi au *logos* que représente la violence change de signe et devient travail du négatif, c'est-à-dire facteur *positif* de développement. Ruse hégélienne de la Raison, lutte marxiste des classes, loi darwinienne de l'évolution : dans tous les cas, le mal est bon et la violence utile car ils servent les fins supérieures et rapprochent l'humanité de sa destination.

« C'est au XIXe siècle que l'Histoire remplace Dieu dans la toute-puissance sur le destin des hommes, mais, comme l'écrit justement François Furet, c'est au XXe siècle que se font voir les folies politiques nées de cette substitution[1]. » Ce qu'a pensé le siècle précédent, notre siècle l'a mis en œuvre. Déduire, cependant, celui-ci de celui-là, ce serait ériger l'idée en démiurge de la réalité et perpétuer ainsi l'emprise de l'Histoire. Ce serait, en outre, passer à côté de la grande ironie de notre temps, de son paradoxe proprement insoutenable. Si tant d'hommes, au XXe siècle, ont cru à l'Histoire, c'est-à-dire à l'irrésistible accomplissement de l'humanité, et si, par surcroît, les versions les plus radicalement antagonistes de cette Histoire ont pu déboucher sur des régimes similaires, c'est la conséquence d'un événement inaugural auquel il est à tout jamais impossible de prêter une signification valable : la Première Guerre mondiale.

On ne peut certes pas dire de cette guerre qu'elle est sans pourquoi. Elle n'a pas éclaté comme un imprévisible coup de tonnerre dans le ciel sans nuages d'une Europe paisiblement régie par l'équilibre des puissances. Elle n'a pris personne au dépourvu car chacun, depuis des années, fourbissait ses armes. « Il y a une race de la guerre où tout tend à la beauté du combat et il y a une race de la guerre où tout tend au prononcé de la victoire, écrivait Péguy à la veille du Grand Événement. Il y en a une qui tend à la chevalerie et une qui tend à l'empire. » Il y a, autrement dit, un système de l'honneur et un système de la domination. Il y a l'épique et il y a le politique. Il y a Achille, l'homme qui s'expose et l'homme qui se bat, et il y a Ulysse, « l'homme qui se tait et l'homme qui gagne »[2].

Pour Péguy, bien sûr, Achille était français et Ulysse allemand. Mais soyons juste : depuis 1911 et la crise d'Agadir, chaque puissance européenne avait ses hommes d'État prêts à en découdre pour contrecarrer l'expansionnisme des États concurrents, et ses héros en herbe qui, comme le rappelle Stefan Zweig dans *Le Monde d'hier*, rêvaient d'une excursion sauvage et virile en pays romantique, d'une évasion hors de l'univers bourgeois des lois et des paragraphes ou de celui, déjà machinique et machinal, du travail. Assez de rêves, de craintes et de raisons, en tout cas, tourmentaient l'Europe pour que nul ne songe sérieusement à arrêter le mécanisme mis en marche à Sarajevo, le 28 juin 1914. A la différence de celles de Bismarck, cette guerre étrange n'a pas été déclenchée par la volonté de l'un des deux camps, mais si l'engrenage des alliances a aussi impeccablement fonctionné, c'est que tout le monde comptait sur un conflit armé et croyait à son imminence.

A peine engagé, cependant, le processus a suivi un cours sur lequel ni les raisons ni les rêves n'ont plus exercé aucune prise. Entre l'anticipation et l'événement est intervenue ce que Raymond Aron a très justement appelé la *surprise technique*. Les ministres et leurs conseillers étaient sûrs d'entreprendre une guerre comme les autres et de remporter en quelques semaines des succès décisifs. Or toutes les offensives éclairs connurent l'échec : celle de l'Autriche contre la Serbie, celle de la Russie contre l'Autriche en Galicie et contre l'Allemagne en Prusse-Orientale, celle de la France contre l'Allemagne en Lorraine et dans les Ardennes et, finalement, l'offensive allemande contre la Belgique et la France. La puissance de feu des différentes armées se révélant sans commune mesure avec les prévisions, la nécessité s'imposa de l'économie de guerre, de la stratégie d'usure et de l'enterrement dans les tranchées : « Ainsi la Première Guerre mondiale prit l'aspect angoissant d'une guerre d'épuisement, un massacre permanent sans grand résultat stratégique[3]. » Et plus augmentait le chiffre des victimes, plus s'éloignaient les chances d'une paix négociée. La pratique traditionnelle du compromis n'était pas à l'échelle des violences et des sacrifices consentis. La guerre cessait d'être, comme le voulait Clausewitz, « un moyen sérieux en vue d'une fin sérieuse ». Dans cette conjoncture inédite, la fin se radicalisait toujours davantage pour ne pas se laisser distancer par les moyens qu'elle avait déchaînés en toute inconscience : « Est-ce la passion qui a suscité la démesure technique ou la démesure technique qui a suscité la passion ? », demande Raymond Aron. « Non sans réserve ni atténuation, tout en reconnaissant l'interaction des deux phénomènes », il répond que « le moteur de l'évolution à cette époque a été la technique. C'est elle qui a imposé l'organisation de l'enthousiasme, elle qui a condamné à l'échec les tentatives de conciliation, elle qui a exclu la vieille sagesse diplomatique et contribué à répandre l'esprit de croisade, elle qui a conduit à une paix qui a créé la situation de départ de la Deuxième Guerre »[4]. Ainsi la guerre s'est-elle simultanément émancipée du modèle épique et du modèle politique qui jusqu'alors se disputaient sa définition. Elle a pris congé d'Ulysse et de Clausewitz en même temps qu'elle faisait ses adieux à Achille et à Péguy. Elle s'est soustraite en 1914 à la juridiction de la ruse comme à celle de l'exploit. De cette nouveauté radicale, nul lieu de mémoire ne témoigne plus douloureusement que la tombe du Soldat inconnu.

Il y a, entre la guerre et le nom, un lien séculaire. Le combat est ce moment de vérité où s'atteste le nom. C'est dans l'exposition au péril suprême que l'homme se distingue, qu'il se fait un nom ou qu'il se montre digne de son nom. Ce sont la bravoure et le mépris de la mort qui assurent au héros un lustre impérissable. Achille préfère délibérément la vie courte et glorieuse à la prolongation d'une vie confortable qu'ignorera la postérité. « Et voici maintenant le Destin qui me tient, s'exclame pareillement Hector. Eh bien ! non, je n'entends pas mourir sans lutte ni sans gloire ni sans quelque haut fait dont le récit parvienne aux hommes à venir[5]. » Qu'ils se battent dans un camp ou dans l'autre, qu'ils soient grecs ou troyens, les meilleurs, ceux dont les noms méritent l'immortalité, sont les hommes valeureux. Et toutes les prouesses que nous applaudissons aujourd'hui empruntent, aussi pacifiques soient-elles, une part de leur éclat à cette origine martiale. Il existe bien d'autres hauts faits que les faits d'armes, mais tout a commencé par là : la première action qui ait détaché l'individu de la foule, arraché la vie à l'anonymat et rendu la mort inoubliable est l'exploit guerrier.

En 1918, le besoin d'honorer ceux qui sont morts au combat réclame partout un monument. Mais la mort ayant changé de degré et de nature, la pierre ne peut pas plus que la lyre assurer la survie du nom dans la renommée ; elle ne peut que ratifier et réifier la disparition du nom dans le nombre. Né de cette guerre sans précédent, le culte du Soldat inconnu apparie donc deux modes d'être antinomiques et qui se nourrissaient de leur opposition depuis qu'il y a des guerres et des hommes : l'impersonnalité et l'héroïsme, l'obscurité et la gloire. « La vertu du Soldat Inconnu, écrit Ernst Jünger, apparaît dans le fait qu'on peut le remplacer et que derrière le tué, la relève se trouve déjà en réserve[6]. »

La découverte et la célébration de cette vertu neutralisent l'expérience d'humanité faite au front par Lussu aussi bien, d'ailleurs, que par Jünger. La révélation de l'autre homme dans l'ennemi pouvait avoir lieu sur le champ de bataille, mais il y eut, au bout du compte, 8 700 000 morts. Sous cette « poussée de l'incalculable[7] » et sous l'effet du remplacement immédiat des disparus, c'est l'humanité de chaque homme – ami ou ennemi – qui, en perdant son caractère unique, a subi une dévaluation sans précédent et, peut-être, sans remède. « Autrefois, avant la grande guerre, à l'époque où se produisirent les événements relatés dans ces pages, la vie ou la mort d'un homme n'était pas encore chose indifférente, écrit Joseph Roth au début du chapitre 8 de son grand roman nostalgique, *La Marche de Radetzky*. Quand quelqu'un disparaissait du monde des vivants, un autre ne prenait pas immédiatement sa place pour faire oublier le mort, il restait un vide où il manquait, et les témoins proches ou lointains de sa disparition restaient interdits chaque fois que leurs yeux rencontraient ce vide[8]. »

La Très Grande Guerre a rempli le vide et pris Renan au mot. L'image du « soldat perdu dans l'armée immense qui s'avance à la conquête du parfait » s'est matérialisée : la métaphore exaltée est devenue sort commun, condition terrible et quasi universelle. Les individus ont compté effectivement pour du beurre. Ce n'est plus la Science, c'est la Guerre qui a parlé et qui a dit : « Que me fait cet homme qui vient se placer entre l'humanité et moi ? Que m'importent les syllabes insignifiantes de son nom ? Ce nom lui-même est un mensonge [...]. L'anonyme est ici bien plus expressif et plus vrai [9]. » En affirmant la prééminence de l'humanité en marche sur les hommes de chair et de sang, l'idée de progrès avait rapatrié dans l'Histoire et dans l'ici-bas humain le grand partage métaphysique de l'être entre une moindre réalité et une réalité véritable. Et soudain est survenu l'événement qui a mis cette division en pratique et qui l'a donnée cruellement à voir.

D'où le désaveu existentiel opposé par l'artilleur Franz Rosenzweig au dualisme de la philosophie, sous toutes les formes qu'il a pu prendre. Dès les premières lignes de *L'Étoile de la Rédemption*, ouvrage rédigé sur des cartes postales dans les tranchées des Balkans, Rosenzweig écrit : « Que l'homme se terre comme un ver dans les plis de la terre nue, devant les tentacules sifflants de la mort aveugle et impitoyable, qu'il puisse ressentir là, dans sa violence inexorable, ce que d'habitude il ne ressent jamais : que son *je* ne deviendrait qu'un *ça* s'il venait à mourir, et que chacun des cris encore contenus dans sa gorge puisse clamer son *je* contre l'Impitoyable qui le menace de cet anéantissement inimaginable –, face à toute cette misère, la philosophie sourit de son sourire vide [10]. »

Sourire de la cosmologie antique. Sourire de la théologie médiévale. Sourire de Renan. Sourire de Hegel qui voit la Raison « planter sur toutes les cimes et dans tous les abîmes le signe de sa souveraineté ». Sourire de Marx lorsqu'il compare le Dieu de l'Histoire à l'« horrible Dieu païen qui ne voulait boire le nectar que dans le crâne de ses victimes ». Sourire métaphysique de la guerre qui frappe d'inanité les vies individuelles et réserve la réalité aux ensembles anonymes. Rosenzweig dénonce ce sourire indifférent et réducteur au nom de la créature qui tremble devant la mort et son dard venimeux. La réduction ne fonctionne plus, précisément parce qu'elle s'actualise. La guerre dissipe le charme philosophique de l'Un et du Tout dans la mesure même où elle établit leur règne. « Après que la Raison a tout absorbé et qu'elle a proclamé que désormais elle seule existe, écrit encore Rosenzweig, l'homme découvre soudain que bien qu'il ait été depuis bien longtemps digéré par la philosophie, il est encore là… “Moi qui ne suis que cendre et poussière”, moi simple sujet privé, un prénom et un nom […], je suis encore là et je philosophe [11]. »

Quand c'est la guerre qui recueille tout en elle, la philosophie se retourne contre la totalité, contre l'ordre omni-englobant qu'elle a elle-même instauré, contre sa propre victoire sur l'irréductible. A l'abnégation, voire à la dissolution du moi dans la grande machine que célèbre Jünger, Rosenzweig oppose l'incarnation et l'individuation par l'effroi, le « je, je, je » non plus épique, mais chancelant d'angoisse pour son ici-bas, de l'homme blotti dans les boyaux ou dans les cavités de la terre. L'artilleur-philosophe entre ainsi en dissidence avec l'Histoire conçue comme aventure de la Raison, accomplissement de l'universel, avènement de l'humanité à elle-même. L'idée de Raison historique s'achève pour lui sur les lieux de l'hécatombe. Cette idée meurt de la guerre. Ou plutôt, elle meurt d'avoir trouvé dans cette guerre hyperbolique sa caricaturale apothéose.

« Nous autres civilisations, nous savons maintenant que nous sommes mortelles », écrit Paul Valéry en 1919. Par ces mots solennels, il marque la césure et prend acte, lui aussi, de la séparation entre l'époque inaugurée par la catastrophe sanglante et le siècle de l'Histoire. Au sortir de la Grande Guerre, on ne peut plus affirmer en toute quiétude : le réel est toujours rationnel car l'irrationnel lui-même est nécessaire à la réalisation de la Raison. La dialectique se bloque ou même débloque. Non seulement, en effet, nulle raison visible ou cachée n'est à l'œuvre dans l'emportement des passions nationales, mais c'est la Raison qui semble avoir perdu la raison, ce sont la civilisation et la culture qui se trouvent compromises dans l'abstraite férocité des batailles de matériel et de leurs orages d'acier. Au cri du cœur de Renan – « Moi qui suis cultivé, je ne trouve pas de mal en moi [12] » –, Valéry, dans le même texte, oppose ce diagnostic désespéré : « Tant d'horreurs n'auraient pas été possibles sans tant de vertus. Il a fallu, sans doute, beaucoup de science pour tuer tant d'hommes, dissiper tant de biens, anéantir tant de villes en si peu de temps, mais il a fallu non moins de *qualités morales*. Savoir et Devoir, vous êtes donc suspects [13] ? » Même compliqué et déniaisé par Hegel, l'optimisme des Lumières n'est plus acceptable. L'événement qui vient d'avoir lieu interdit d'hypostasier en progrès de l'humanité l'essor prodigieux des aptitudes et des connaissances humaines. Au lieu que l'horreur soit l'instrument de la vertu, c'est la vertu qui s'est mise au service de l'horreur ; au lieu que la Raison gouverne le monde par le moyen de la déraison, c'est la barbarie qui a mobilisé les ressources de la Raison et les inventions de la science. Et l'Europe civilisée, en guise d'accomplissement de sa mission historique, a ravagé la civilisation européenne.

L'idée de Raison historique ne meurt pas, cependant, pour tout le monde. Valéry et Rosenzweig peuvent bien proclamer, l'un avec une certaine emphase, l'autre dans la fièvre, que la guerre mondiale a ruiné la prétention de l'Histoire à donner sens à l'expérience humaine, ils parlent dans le désert. Non que les Européens, insensibles ou imperturbables, passent le grand massacre par pertes et profits. Mais l'Histoire, pour le malheur du siècle, va sortir finalement renforcée et même magnifiée de la rébellion contre la guerre.

« Les jours qui ont précédé la Première Guerre mondiale et ceux qui l'ont suivie, écrit Hannah Arendt, sont séparés non pas comme la fin d'une vieille époque et le début d'une nouvelle, mais comme le seraient la veille et le lendemain d'une explosion. Cette figure de rhétorique est pourtant aussi inexacte que toutes les autres car la calme désolation qui s'installe après une catastrophe ne s'est ici jamais produite. La première explosion semble avoir déclenché une réaction en chaîne dans laquelle nous sommes pris depuis lors et que personne ne paraît pouvoir arrêter[14]. » Première réaction de cette interminable chaîne : la Révolution russe. C'est la guerre qui permet au parti bolchevique de prendre le pouvoir en 1917 et c'est le cri de la Révolution contre la guerre qui donne à la prise du palais d'Hiver son caractère immédiatement universel. Ayant dénoncé dès le déclenchement des hostilités le « social-chauvinisme » des membres de la Deuxième Internationale, les hommes d'Octobre « symbolisent après coup les vérités et les missions qui ont été trahies en août 1914 »[15]. Pour tous les socialistes qui ont sacrifié leurs idées à la défense de leur patrie, ils incarnent la revanche objective des idées sacrifiées sur l'idole du patriotisme. A tous ceux qui, plus largement et après quatre années de carnage, ont le sentiment de s'être laissé égarer par le rêve d'aventure ou la propagande nationale, ce lointain coup d'État offre l'occasion de se racheter et de trouver une issue positive à leur dégoût ou à leur remords. La lueur qui se lève à l'Est a l'éclat inespéré du Sens. La guerre engendre une révolution qui, en retour, offre à cet événement insensé le double emploi de châtiment mérité et de naufrage avant-coureur. La bonne nouvelle qui lui succède réintègre le cataclysme dans l'histoire de la Raison. Le grand jour d'Octobre arrache à la nuit la longue tuerie qui l'a rendu possible. Ne pleure pas, Valéry ! dit Lénine. « La société capitaliste a toujours été et demeure une horreur sans fin. Et si maintenant la guerre actuelle, la plus réactionnaire de toutes les guerres, prépare à cette société une fin pleine d'horreurs, nous n'avons aucune raison de tomber dans le désespoir[16]. » Nous autres, civilisations barbares, nous savons maintenant que nous devons mourir pour laisser la place à la civilisation véritable.

Tout le monde n'est pas aussi abrupt. Il n'en reste pas moins que les prédictions de Rosenzweig ont été démenties : au lieu d'être une époque post-hégélienne, le XXe siècle est passé sous la coupe de l'hégélianisme, et d'un hégélianisme non plus crépusculaire et contemplatif, mais matinal, activiste et même effréné. L'Histoire ne s'est écroulée en 1914 que pour donner en 1917 à l'historicisme un pouvoir de séduction, d'illusion et de dévastation encore jamais atteint. L'image de l'enfantement douloureux du Bien a recouvert le sentiment du désastre. Le sourire de la philosophie ne s'est pas défait sous les protestations de l'individu, ou, comme le dit Rosenzweig, du « sujet privé, un nom et un prénom » ; il s'est figé en rictus sur les innombrables visages de ceux qui ont fait le sacrifice de leurs scrupules à l'Ange de la Raison et qui ont puisé leur inlassable énergie dans la certitude d'accélérer le sens de l'Histoire. Ébranlée par la guerre, l'idée d'un univers raisonnable est consolidée par la Révolution. Et si la philosophie peut être dite finie, ce n'est pas au sens où l'être échapperait à ses prises, c'est, tout à l'inverse, dans la mesure où elle semble désormais ne faire qu'un avec la réalité. Le réel et le rationnel, que l'on avait pu croire en délicatesse, se réconcilient dans le spectacle grandiose d'une épopée rédemptrice. Bref, la catastrophe de l'Histoire rend vie au concept d'Histoire et la foi dans l'Histoire aggrave la catastrophe tout en l'occultant. C'est l'ironie fondatrice du siècle.

A quoi s'ajoute un autre paradoxe, une autre ironie douloureuse. Le prestige et l'ascendant de Lénine en 1918 procèdent en grande partie de son pacifisme radical. Or, à l'instant même où il retourne la Révolution contre la guerre, l'homme dont les pêcheurs de Capri appréciaient tant le rire aligne sur le modèle de la guerre – et, mieux encore, de *cette* guerre – son idée et sa pratique de la révolution. Il admire Clausewitz, mais à contresens : « La guerre n'est pas seulement un acte politique, dit, dans son illustre formule, le grand officier prussien, elle est un véritable instrument politique, une poursuite des relations politiques, une réalisation de celles-ci par d'autres moyens [17]. » Ce qui signifie que l'acte de belligérance n'est pas un acte isolé. Le commerce entre nations ne cesse pas quand parle la poudre. S'insérant dans une continuité, la phase violente des relations entre États reste soumise à des intentions et à des intérêts extérieurs à la logique militaire. C'est pourquoi, en général, les lois qui poussent les forces aux extrêmes ne gouvernent pas les conflits armés. En général, mais, on l'a vu, pas dans le cas particulier de la guerre de 14. Celle-ci a trompé ses protagonistes. Partis pour une expédition « fraîche et joyeuse », ils se sont retrouvés piégés dans un conflit interminable requérant la mobilisation totale des populations et des industries. A guerre totale, victoire absolue : « Le désarmement de l'ennemi, la paix dictée et non négociée devinrent le but suprême de la guerre [18]. » Il s'est produit alors ce qui arriverait, nous dit Clausewitz, si le combat n'était plus guidé par la « volonté d'une intelligence conductrice » : la guerre a pris la place de la politique. « Chose devenue indépendante », « acte complet que rien n'entrave », elle a suivi ses propres lois « comme une mine, lorsqu'elle est lancée, ne peut plus être orientée dans une autre voie que celle qui lui fut imprimée par une mise au point préalable »[19].

Alors même qu'il se réclame de Clausewitz et qu'il dénonce sans relâche cette guerre impérialiste, Lénine pousse jusqu'à son terme le renversement du dogme clausewitzien. La guerre émancipée de la politique est constituée par lui en essence de la politique elle-même. La lutte des classes rompt ainsi les derniers liens qui, chez Marx, l'attachaient encore aux formes classiques de l'hostilité ou de la discorde, pour devenir manifestation de violence absolue, stratégie d'anéantissement, montée aux extrêmes. L'ennemi militaire avait autrefois une réalité politique ; l'ennemi politique de Lénine n'est plus rien d'autre que l'objet d'une volonté militaire de destruction : « Les prêtres sociaux et les opportunistes sont toujours disposés à rêver du socialisme pacifiste de l'avenir, mais ce qui les distingue des sociaux-démocrates révolutionnaires, c'est qu'ils ne veulent pas songer et réfléchir à la lutte des classes acharnée et aux guerres de classes qui sont nécessaires pour réaliser ce magnifique avenir[20]. »

Une période s'ouvre où s'engager ce n'est plus seulement intervenir dans l'espace public, c'est prendre les armes : la division du monde en deux camps régit la pluralité humaine, le militant se vit comme militaire, l'intellectuel fait tout son possible pour résorber le déficit du discours en puissance de feu, les mots sont des projectiles et la lutte à mort devient le modèle unique de la parole comme de l'action. Acclamé pour son pacifisme, Lénine introduit dans la conflictualité du temps de paix la brutalité, la radicalité et la démesure inhérentes à la guerre totale. La Révolution découle de la guerre même qu'elle dénonce. Elle a l'écrasement de l'ennemi pour ambition et, pour idéal, l'unité d'une armée en ordre de bataille.

« Prenons l'armée moderne, écrit Lénine dans un texte consacré au "social-chauvinisme" et intitulé *La Faillite de la Deuxième Internationale* : voilà un bon exemple d'organisation. Et cette organisation n'est bonne que parce qu'elle est souple et sait en même temps donner à des millions d'hommes une volonté unique. Aujourd'hui ces millions d'hommes sont chez eux aux quatre coins du pays. Demain arrive l'ordre de mobilisation et ils se rassemblent aux points de ralliement. Aujourd'hui, ils sont dans les tranchées, parfois pendant des mois. Demain, groupés différemment, ils vont à l'assaut. Aujourd'hui, ils font des merveilles et s'abritent contre les balles et les *shrapnels*. Demain, ils font des merveilles en combattant à découvert. Aujourd'hui, leur détachement avancé creuse des fourneaux de mines sous terre ; demain, ils se déplacent à des dizaines de verstes sur les indications des aviateurs qui survolent la terre. Oui, c'est ce qui s'appelle l'organisation, quand, au nom d'une même volonté, des millions d'hommes changent la forme de leurs relations et de leurs actions, changent le lieu où s'applique et la façon dont s'exerce leur activité, changent leurs instruments suivant les circonstances et suivant les besoins de la lutte [21]. »

Non plus une immense pagaille, mais un gigantesque bataillon ; non plus une foule cacophonique, mais une structure homogène et redoutablement harmonieuse ; non plus une multitude incontrôlable, mais un être multiforme, maniable et discipliné : ainsi apparaît l'humanité dans la guerre *totale*, c'est-à-dire dans la situation où toute existence est convertie en énergie et tout individu – de l'usine au front – réduit à n'être qu'une pièce du dispositif, une parcelle de la volonté, un rouage de la turbine. On peut appeler *totalitaires* les mouvements politiques qui ont érigé en valeur suprême cette apparition. C'est le cas du léninisme et de son « A bas la guerre ! Vive l'armée ! ». C'est aussi celui du national-socialisme : la critique nostalgique de la société libérale n'est pas moins affectée par l'épreuve du feu que sa critique utopique et égalitaire.

Il a fallu le traumatisme de la défaite pour que, dans l'extrême droite allemande, l'image moderne de l'Ennemi supplante définitivement le thème traditionaliste de l'humanité déchue. Entrés en 1920 dans l'Allemagne humiliée par le traité de Versailles, *Les Protocoles des Sages de Sion* sont reçus comme une révélation. « J'ai assisté à Berlin à plusieurs réunions qui étaient entièrement consacrées aux *Protocoles*, écrit un observateur juif. Le conférencier était d'habitude un professeur, un instituteur, un éditeur, un avocat ou quelqu'un de ce genre. L'auditoire était composé de membres des classes cultivées, fonctionnaires, commerçants, anciens officiers, dames de la société, mais surtout d'étudiants de toutes les facultés, de tous les degrés… Les passions montaient rapidement au point d'ébullition. Tangible et présente, la cause de tous les maux apparaissait aux yeux de tous : ceux qui avaient déclenché la guerre, provoqué la défaite, fomenté la révolution, ceux qui avaient machiné toutes nos souffrances. Cet ennemi était à notre portée, il pouvait être appréhendé de nos mains, et pourtant il était l'ennemi qui rampait dans la pénombre ; on tremblait en pensant aux noirs desseins qu'il pouvait nourrir [22]. » Le haut commandement n'annonçant jamais aucune défaite, les Allemands ont appris qu'ils avaient perdu la guerre « en pleine victoire » et alors que leurs troupes formaient toujours un front continu aussi bien en Belgique qu'en France. Les *Protocoles* accréditent donc à point nommé la thèse du « coup de poignard dans le dos ». On sait, par eux, qui a frappé ; on connaît le coupable de l'Armistice signé le 9 novembre 1918 par une Allemagne « invaincue sur le terrain ». « C'est alors, confie Hitler dans *Mein Kampf*, que naquit en moi la haine, la haine pour les auteurs de ces événements. » Et le « Soldat Inconnu de la Grande Guerre », comme il aimait à se désigner, choisit, une fois devenu le *Führer* de son peuple, la date du 9 novembre 1938 pour déclencher, en réponse à l'assassinat d'un conseiller d'ambassade à Paris, le grand incendie des synagogues et des magasins juifs connu sous le nom de Nuit de cristal.

L'affront de 1918 a donc effacé les « idées de 14 ». Ce

n'est plus le rejet du principe de la Révolution française par la trinité de l'Ordre, du Devoir et de la Justice qui motive le combat de l'Allemagne, c'est, face à un Ennemi planétaire, l'exaltation de la force et l'idéologie de la volonté.

Mais la guerre a eu aussi un autre effet anti-réactionnaire sur la pensée anti-démocratique : trempée dans l'acier des combats, la nostalgie en ressort absolument méconnaissable. L'expérience du front constitue, pour ceux qui l'ont traversée, un nouveau trésor perdu et un nouvel horizon politique : la fraternité des tranchées remplace dans leur cœur l'ancien monde villageois et agraire. Soumis aux effets dissolvants de la vie civile, ces soldats s'insurgent, eux aussi, contre le malheur de la séparation, et ils préconisent pour remédier au relâchement des liens communautaires un retour à l'origine. C'est toujours la *Gemeinschaft* – la communauté concrète, organique et authentique, substantielle et vivante – qu'ils opposent à la *Gesellschaft* – la société bourgeoise, froide, mécanique et abstraite, fondée sur le contrat, s'en remettant exclusivement à la méthode, excluant tout ce qui n'est pas calcul et ne laissant subsister, en guise de relation humaine, que l'égoïsme de l'intérêt. Mais l'origine invoquée est toute proche, la référence de la *Gemeinschaft* est désormais le champ de bataille et non le paysage pré-industriel. Et l'image des champs de blé est elle-même modernisée par le souvenir des champs de bataille : il n'y a plus rien de bucolique dans leur évocation, de virgilien dans l'hymne dont ils font l'objet, de passéiste dans l'enthousiasme qui les célèbre.

Dans *Le Travailleur*, Ernst Jünger écrit : « Le champ cultivé et engraissé avec l'azote industriel des usines n'est plus le même champ. Il n'est donc pas vrai que l'existence soit intemporelle et que les grandes transformations passent comme le vent et les nuages sur les sillons. La profondeur de la révolution dans laquelle nous sommes emportés se manifeste précisément en ceci qu'elle brise même les anciens "états"[23]. »

L'idée de révolution s'empare de la contre-révolution quand le culte de la technique succède – même à la campagne – au culte de la campagne. Comme l'écrit George Orwell en 1941, on pouvait, à bon droit, *jusqu'en 1914* saluer sous le nom de progrès historique « la série de victoires remportées par l'homme scientifique sur l'homme romantique[24] ». Tout au long du XIXe siècle, en effet, et même au début du XXe, « la société était dirigée par des gens à l'esprit borné et dépourvu de curiosité, des hommes d'affaires rapaces, des grands propriétaires obtus, des évêques, des politiciens qui pouvaient citer Horace mais qui n'avaient jamais entendu parler d'algèbre. La science était tenue pour une activité à peine honorable et la croyance religieuse était obligatoire. Le traditionalisme, la stupidité, le snobisme, le patriotisme, la superstition et l'amour de la guerre semblaient se situer dans le même camp[25] ». 1914 a changé la donne, mais à l'instar du plus célèbre intellectuel anglais de l'époque, H. G. Wells, les progressistes en sont restés à « l'antithèse supposée entre l'homme de science qui travaille à planifier un État mondial et le réactionnaire qui essaye de restaurer un passé irrationnel. D'un côté, la science, l'ordre, le progrès, l'internationalisme, les aéroplanes, le concret, l'hygiène ; de l'autre, la guerre, le nationalisme, la religion, la monarchie, les paysans, les professeurs de grec, les poètes, les chevaux [26] ». Résultat : Hitler a été perçu comme « une absurdité, un fantôme du passé, une créature vouée à disparaître presque immédiatement [27] » par cet adversaire résolu du révolu qu'était l'auteur de *La Machine à explorer le temps*. Cramponné, avec un optimisme inébranlable, au signe d'égalité que l'époque d'avant la Grande Guerre avait mis entre la science et le sens commun, Wells n'a pas voulu voir que l'Allemagne nazie était « beaucoup plus scientifique que l'Angleterre et beaucoup plus barbare [28] ». Scientifique *et* barbare : telle est bien, cependant, la définition de l'État qui, en temps de paix comme en temps de guerre, fait de chacun une pièce de la machine et érige en vocation universelle le destin du Soldat inconnu.

Tout en se combattant, la Nostalgie et l'Espérance se rejoignent ainsi dans l'élan totalitaire vers un régime où tous les hommes n'en formeraient plus qu'un. Ce qui fait dire à Hannah Arendt, au terme de sa grande réflexion : « Les hommes, dans la mesure où ils sont plus que la réaction animale et que l'accomplissement de fonctions, sont entièrement superflus pour les régimes totalitaires. Le totalitarisme ne tend pas *vers un règne despotique sur les hommes, mais vers un système dans lequel les hommes sont de trop* [29]. »

A un tel système, les camps de concentration ne sont peut-être pas économiquement utiles, mais ils sont ontologiquement nécessaires. Car, pour assurer le règne de la volonté unique, il faut à la fois liquider l'Ennemi de l'homme et liquider en l'homme la spontanéité, la singularité, l'imprévisibilité, bref, tout ce qui fait le caractère unique de la personne humaine. Les usines de la mort sont également des *laboratoires de l'humanité sans hommes*. Relevant tout autant de l'utopie radicale que de la politique extrême, elles visent, outre l'anéantissement *physique* de l'Adversaire, la disparition *métaphysique* du Multiple dans l'Un. « La société se croit seule, mais il y a quelqu'un », écrivait magnifiquement Artaud. « Tant qu'il y a quelqu'un, l'humanité est imparfaite », proclame à l'inverse, et quelle que soit sa couleur, le socialisme concentrationnaire. Aussi produit-il deux types de cadavres : les cadavres morts et les cadavres vivants, ces « marionnettes à faces humaines [30] », cette masse anonyme et continuellement renouvelée, ces personnes impersonnelles en qui l'étincelle divine s'est éteinte et dont Primo Levi nous dit, dans *Si c'est un homme*, qu'elles peuplent sa mémoire de leur présence sans visage : « Si je pouvais résumer tout le mal de notre temps en une seule image, je choisirais cette vision qui m'est familière : un homme décharné, le front courbé et les épaules voûtées, dont le visage et les yeux ne reflètent nulle trace de pensée [31]. »

Une fatigue si lourde à porter que l'instinct de conservation y succombe, et que manque même le peu de force qu'il faut encore pour clamer son « je » contre la mort impitoyable : ce mal de notre temps, on le retrouve dans *Les Récits de la Kolyma* de Varlam Chalamov, le grand narrateur de l'autre expérience des camps. Exemple : l'histoire du jeune Dougaïev qui doit piocher dans la roche mais qui, malgré ses efforts, n'atteint pas les normes requises. A la fin d'une journée de travail, les soldats l'emmènent pour l'exécuter : « Quand il comprit de quoi il s'agissait, Dougaïev regretta d'avoir travaillé, d'avoir souffert en vain ce jour, ce dernier jour [32]. »

A cause d'une malheureuse phrase d'Adorno, sur laquelle celui-ci est d'ailleurs revenu, il se trouve toujours quelqu'un pour se demander, l'air sombre, s'il est encore possible, après Auschwitz, d'écrire des poèmes. La formule originellement inspirée par le désespoir est devenue, avec le temps, un automatisme mondain, et elle nous vaut aujourd'hui d'interminables bavardages sur l'effondrement de la culture à Auschwitz ou sur le mutisme des survivants. Or s'il y avait effectivement quelque chose d'impossible aux rescapés doués de génie littéraire, c'était de *ne pas écrire de récits*. Il leur fallait raconter, moins par urgence autobiographique de témoigner de ce qu'ils avaient enduré, que par nécessité en quelque sorte *hétérobiographique* de témoigner pour les disparus et de les arracher à leur destin anonyme. Et aussi hostile soit-elle à toute esthétisation, cette impérieuse nécessité de donner aux morts l'assistance narrative qu'ils réclament relève encore de la poésie. Comme l'écrit admirablement Soljenitsyne, le seul substitut à l'expérience qu'il ne nous a pas été donné de vivre est l'art, la littérature : « L'art transmet d'un homme à l'autre, pendant leur bref séjour sur la Terre, tout le poids d'une très longue et inhabituelle expérience, avec ses fardeaux, ses couleurs, la sève de sa vie : il la recrée dans notre chair et nous permet d'en prendre possession, comme si elle était nôtre [33]. » Il faut donc renverser la formule d'Adorno : sans l'art, c'est-à-dire sans la poésie, la compréhension intime de ce qui était en jeu à Auschwitz ou à la Kolyma nous serait barrée pour toujours.

Exemplaire est, à cet égard, l'histoire du petit Hurbinek relatée dans *La Trêve* par Primo Levi : « Hurbinek n'était rien, c'était un enfant de la mort, un enfant d'Auschwitz. Il ne paraissait pas plus de trois ans, personne ne savait rien de lui, il ne savait pas parler et n'avait pas de nom : ce nom curieux d'Hurbinek lui venait de nous, peut-être d'une des femmes qui avait rendu de la sorte le son inarticulé que l'enfant émettait parfois. Il était paralysé à partir des reins et avait des jambes atrophiées, maigres comme des flûtes ; mais ses yeux, perdus dans un visage triangulaire et émacié, étincelaient terriblement vifs, suppliants, affirmatifs, pleins de la volonté de briser ses chaînes, de rompre les barrières mortelles de son mutisme. La parole qui lui manquait, que personne ne s'était soucié de lui apprendre, le besoin de la parole jaillissait de son regard avec une force explosive ; un regard à la fois sauvage et humain, un regard adulte qui jugeait, que personne d'entre nous n'arrivait à soutenir tant il était chargé de force et de douleur [34]. »

Dans l'infirmerie où il s'était retrouvé avec Primo

Levi et une foule d'autres malades après la libération d'Auschwitz par l'Armée rouge, Hurbinek réussit pourtant à proférer un mot : quelque chose comme « Masseklo » ou « Matisklo ». Était-ce son nom ? Que disait-il ? Bien qu'il y eût autour d'Hurbinek des représentants de toutes les nations d'Europe centrale, le mot ne livra pas son secret et « Hurbinek qui avait trois ans, qui était peut-être né à Auschwitz et n'avait jamais vu un arbre, Hurbinek qui avait combattu comme un homme jusqu'au dernier souffle pour rentrer dans le monde des hommes dont une puissance bestiale l'avait exclu ; Hurbinek le sans-nom dont le minuscule avant-bras portait le tatouage d'Auschwitz, Hurbinek mourut les premiers jours de mars 1945, libre mais non racheté ; il témoigne à travers mes paroles[35] ».

Hurbinek, l'enfant sans origine et sans langage, était destiné à mourir d'une mort elle-même indifférente et sans phrase. Nulle trace n'aurait dû être conservée de son passage sur terre. Le récit de *La Trêve* déjoue ce programme : rien, certes, ne reste de l'enfant qui n'était rien, mais par les mots dont il revêt sa minuscule histoire Primo Levi redonne à ce petit mort indistinct sa physionomie singulière. Et à l'ébauche de vie qui fut la sienne, son humanité, c'est-à-dire son caractère insubstituable. Hurbinek n'eut pas le temps d'être un homme ni même d'accéder à une existence verbale, mais c'était déjà « un individu spécial, une personne, un être unique, irréparable, que rien ne remplacera ». L'épitaphe de Michelet au duc d'Orléans assassiné par les Bourguignons vaut aussi pour ce sans-nom, mort à l'âge de trois ans dans le camp d'Auschwitz : « Rien de tel avant, rien de tel après ; Dieu ne recommencera point. Il en viendra d'autres, sans doute ; le monde, qui ne se lasse pas, amènera à la vie d'autres personnes, meilleures peut-être, mais semblables, jamais, jamais [36]. »

Tous pareils, c'est-à-dire humains, et tous différents, c'est-à-dire eux-mêmes, les hommes forment dans le monde une communauté des exceptions. Ce qui s'expérimente, à l'inverse, dans les camps, c'est la fusion des individus en une totalité compacte et anonyme : rien de ce qui démarque un homme d'un autre homme n'a droit de cité. L'entassement dans les wagons à bestiaux, les coups, la faim, la privation de parole, la tête rasée, le numéro tatoué, tout est fait pour anéantir l'identité unique de chacun et pour qu'il ne reste de l'homme que l'organe d'un seul genre humain.

C'est à inverser ce processus que Varlam Chalamov et Primo Levi emploient leur mémoire de survivants. Narrateurs minutieux et passeurs infatigables, ils ramènent ou mettent au monde les hommes qu'ils ont connus en camp de concentration. Ils restituent ce qui en chacun d'eux excède le simple échantillon du genre ou de l'espèce, même si, comme dans le cas d'Hurbinek, cette transcendance se réduit à un combat désespéré pour rentrer dans le cercle humain de la conversation.

CHAPITRE CINQUIÈME

La réparation humanitaire

On ne peut rien comprendre au mal du XXe siècle si on juge *a priori* scandaleuse toute comparaison entre l'hitlérisme et le communisme stalinien. Mais on ne comprend rien non plus dès lors que cette parenté totalitaire, au lieu de faire scandale, est prise pour argent comptant.

Aleksander Wat est né en Pologne le 1er mai 1900. Au lendemain de la Très Grande Guerre, ce sont les deux rêves de liberté artistique et de justice sociale qui font courir au parti communiste ce poète futuriste admiré par Maïakovski. « Nouvelle, nouvelle, nouvelle, est l'étoile du communisme », aurait-il pu dire avec le romancier tchèque d'avant-garde Vladislav Vančura. « En dehors d'elle, aurait-il pu également ajouter, il n'y a pas de modernité [1]. »

D'où la stupeur, la douleur et le désarroi du poète lorsque, dès le début des années 30, il découvre la ressemblance entre le système qui se présente comme l'antithèse de l'humanisme européen et celui qui veut en être l'accomplissement. Dans *Mon siècle*, monumental et magnifique livre d'entretiens avec Czesław Miłosz, Aleksander Wat s'interroge sans répit sur l'abominable mystère de cette affinité. Au commencement est un proverbe : « Quiconque venait au communisme devait être d'accord avec le principe léniniste qu'on ne peut pas faire d'omelette sans casser des œufs[2]. » Cette métaphore culinaire illustre, en apparence, la dure loi du *prix à payer* : il faut bien employer la violence, et se résigner même à quelques bavures, si l'on veut faire advenir la société sans classes. Mais, pris au pied de la lettre, le proverbe léniniste est plus féroce encore : les œufs cassés ne sont pas la contrepartie de l'omelette finale, ils en constituent la substance. A la différence des pots cassés, ils ne sont pas des dommages inévitables, mais d'indispensables éléments. Plus il y a d'œufs, plus l'omelette est belle. De même, dit Wat, « toute cette cruauté, tout ce sang versé par la révolution [...] Cette sauvagerie qui remontait à la surface, tout cela parlait en faveur du communisme [...]. Comme elle doit être pure et grande la cause pour laquelle on verse tant de sang – et de sang innocent ! Cela attirait d'une façon inouïe[3] ».

En 1935, Wat a rompu le charme. Le vertige constructiviste s'est dissipé. L'histoire ne se présente plus à lui comme la confection d'un plat, ni le sang des hommes comme un matériau ou comme un ingrédient. L'image léniniste de l'omelette est désormais impuissante à embellir ou à sanctifier les horreurs innombrables de la Révolution. Inquiet, avide d'en avoir le cœur net, tourmenté par le doute et par le remords, Wat se précipite chez le poète communiste Włatzio Broniewski, qui vient de rentrer d'Union soviétique, et il le submerge de questions à propos de la famine en Ukraine et de la collectivisation : « La presse avait annoncé que cinq millions de paysans avaient péri. Et Włatzio me répondit : "Oui, bien sûr on en parlait beaucoup..." Tretiakov, l'auteur de la pièce *Hurle, Chine !*, lui avait confirmé que c'était bien dans ces chiffres-là : quatre ou cinq millions de paysans avaient été anéantis, exterminés... Je lui dis alors – je m'en souviens encore, ce sont des moments qu'on n'oublie pas : "Mais alors, si c'est vrai, comment ?" Et lui fit un geste désinvolte de la main... Grands Dieux, qu'est-ce que cela pouvait lui faire, cinq millions de *moujiks*... Il n'avait pas dit la chose comme ça, mais ce geste [4] ! »

Chaque chose en son temps : l'agonie des classes agonisantes est dans l'ordre, la révolution sonne le glas du révolu, l'humanité aboutie n'a pas besoin de ses échafaudages... Voilà ce que disent, en substance, le sifflotement dédaigneux et le geste négligent que tout militant révolutionnaire a, un jour, rencontré sur sa route, quand il n'a pas lui-même accueilli avec ce laconisme viril les nouvelles du front pour se démarquer des petites natures et pour bien signifier qu'il n'avait pas froid aux yeux. Les Doktor Pannwitz, en effet, ne sont pas seuls à s'absoudre du lien d'humanité : d'autres le font qui ne veulent pas assurer la prééminence de la race des Seigneurs mais, au contraire, réaliser, pour de vrai, l'unité du genre humain. Quelle que soit la fin que l'on s'assigne, la disponibilité absolue de l'Histoire, son entrée dans le domaine du faisable et du fabricable exposent les hommes à une violence illimitée car elles leur ôtent toute dignité ontologique. Ils ne sont plus que les pierres d'un gigantesque édifice, les moyens, les obstacles ou les esquisses d'une œuvre qui a nom, dans un cas, hiérarchie, et dans l'autre égalité. De Pannwitz l'ingénieur au poète Broniewski, l'idée d'humanité s'est donc révélée à la fois fragile et funeste, mortelle et meurtrière. Veiller à ce que cette idée vive ; veiller aussi, pour l'empêcher de tuer, à ce qu'elle ne soit plus conçue, sur le modèle de l'omelette, comme le complément d'objet du verbe *faire* : notre temps assume par le développement de l'action et de la sensibilité humanitaires ces deux exigences réparatrices que le siècle d'Aleksander Wat lui a léguées.

Tout a commencé en 1968, loin des graffitis et des barricades, dans une région jusqu'alors connue des seuls spécialistes du continent noir : le Biafra. Un an plus tôt, les Ibo, majoritaires dans cette province méridionale du Nigeria, avaient fait sécession et déclaré leur indépendance. Le gouvernement central avait réagi à ce défi par la guerre et, après la prise de Port Harcourt, par un blocus total des territoires que contrôlaient les rebelles. En dépit de l'effroyable famine qui frappait la population encerclée dans le « réduit » biafrais – un million de personnes moururent en trente mois –, la plupart des pays étiquetés comme progressistes – l'Algérie, l'Égypte nassérienne, la Guinée, l'URSS – soutenaient sans état d'âme le Nigeria. Le Biafra bénéficiait, pour sa part, de l'appui alors très encombrant de l'Afrique du Sud et du Portugal. La France hésitait : grand défenseur du droit des peuples à disposer d'eux-mêmes, le général de Gaulle était, en outre, sensible à l'occasion ainsi offerte d'affaiblir le géant de l'Afrique anglophone. Mais le principe de l'intangibilité des frontières le retenait de céder tout à fait à cette tentation et à sa sympathie pour le « vaillant peuple biafrais ». Il se refusa donc au geste décisif de la reconnaissance diplomatique, mais il engagea la Croix-Rouge française à intervenir. Impuissants, malgré l'ampleur des secours, à empêcher la reddition en 1970 d'un territoire étranglé et affamé, les médecins recrutés pour cette première grande opération humanitaire en direction d'un pays du Tiers-Monde vécurent cependant le Biafra comme un *deuxième Solferino*.

On le sait : c'est devant l'insoutenable spectacle offert, après les combats, par le champ de bataille de Solferino que l'homme d'affaires suisse Henri Dunant conçut l'idée de la Croix-Rouge et décida d'y consacrer le reste de sa vie. Il était venu jusqu'en Lombardie pour obtenir de Napoléon III une concession de terre en Algérie mais à la place de l'empereur, qu'il manqua, il vit à Solferino, le 25 juin 1859, 40 000 malheureux qui pourrissaient au soleil : « Les uns, et plus particulièrement ceux qui ont été profondément mutilés, ont le regard hébété et paraissent ne pas comprendre ce qu'on leur dit ; ils attachent sur vous des yeux hagards, mais cette prostration apparente ne les empêche pas de sentir leur souffrance. Les autres sont inquiets et agités par un ébranlement nerveux et un tremblement convulsif; ceux-là, avec des plaies béantes où l'inflammation a déjà commencé à se développer, sont comme fous de douleur; ils demandent qu'on les achève, et ils se tordent, le visage contracté, dans les dernières étreintes de l'agonie. Ailleurs, ce sont des infortunés qui non seulement ont été frappés par des balles ou des éclats d'obus qui les ont jetés à terre, mais encore dont les bras ou les jambes ont été brisés par les roues des pièces d'artillerie qui leur ont passé sur le corps[5]. »

A Solferino, Henri Dunant découvre que la même guerre qui met aux prises les combattants unit dans la souffrance les victimes des combats. *« Tutti fratelli »*, disent les femmes de Castiglione, qui, à son exemple, ne font aucune distinction de nationalité et s'efforcent de prêter assistance aux blessés italiens comme aux blessés ennemis. Ce qui constitue cette fraternité horizontale, ce n'est pas l'ensemble des qualités distinctives que l'on appelle traditionnellement nature humaine, ce n'est pas, non plus, l'arrachement proprement humain à la nature, la capacité d'agir librement ou la dignité commune à tous les êtres de raison, c'est la faiblesse et la peine. « Les hommes ne sont naturellement ni rois, ni grands, ni riches, écrivait dans l'*Émile* le citoyen de Genève. Tous sont nés nus et pauvres, tous sujets aux misères de la vie, au chagrin, aux besoins, aux douleurs de toute espèce; enfin, tous sont condamnés à la mort. Voilà qui est vraiment de l'homme. Voilà de quoi nul mortel n'est exempt[6]. » L'homme en l'homme, autrement dit, ne se reconnaît pas à ses propriétés, à ses facultés ou à ses prérogatives, mais aux tourments qui l'accablent. *Ecce homo*, dit Rousseau en guise de définition de l'être humain. Et c'est sous le coup de cette opposition que le Genevois Henri Dunant proclame, un siècle plus tard, la nécessité de garantir, dans le lieu même de la violence absolue, l'espace d'humanité où tombent, quand ils sont blessés, tous les soldats : « A l'heure solennelle où des hommes, des concitoyens, des chrétiens, armés les uns contre les autres, viennent de répandre leur sang de soldats sur cette terre que devraient seules arroser les sueurs des laboureurs, je désire que la charité sous la forme d'une société de secours puisse disputer à la guerre toutes celles de ses victimes que le fer a atteintes mais que la mort n'a pas encore moissonnées[7]. »

Ce désir devient réalité avec la signature, le 22 août 1864, de la première Convention de Genève pour l'amélioration du sort des militaires en campagne. Le mouvement international de la Croix-Rouge qui naît alors repose sur le principe d'une double neutralité : à la protection non discriminatoire des victimes par une instance qui n'est pas partie prenante des hostilités, s'ajoute la nécessité, pour cette instance, de renoncer à toute prise de position publique. Indifférent à la provenance des corps souffrants comme à l'uniforme qui les habille et à l'étendard qui les distingue, le nouvel organisme caritatif se veut aussi extérieur aux controverses politiques, philosophiques, raciales ou religieuses qui provoquent les conflits. Le refus de choisir entre les malheureux s'accompagne du refus de choisir entre les acteurs et de juger la conduite des gouvernements. Bienfaisance et bouche cousue : tout en imposant une dérogation à la logique jusqu'alors intouchable de la souveraineté, le droit humanitaire fondé par Henri Dunant dépend entièrement de la bonne volonté des États souverains pour sa mise en œuvre.

Redoutable ambiguïté : averti, dès 1942, du sort des Juifs et de l'existence des camps d'extermination, le Comité international de la Croix-Rouge choisit le silence pour ne pas compromettre son action en faveur des prisonniers de guerre. Pour obtenir, quarante ans plus tard, la collaboration du Nigeria, la même instance muette doit apporter quatre fois plus d'aide dans les zones tenues par le gouvernement fédéral que dans le réduit biafrais où sévit la famine[8].

Les médecins français qui se rendent en 1968 au Biafra brisent avec cette circonspection déjà séculaire : ils entrent illégalement en territoire étranger et, au retour de leur mission, ils témoignent. Cette double rupture inspire la charte des organisations humanitaires qui naissent, dans la foulée, de ce deuxième Solferino : « L'aide humanitaire est aux mains de grandes organisations peuplées de bureaucrates ; il faut donner aux hommes de terrain, et en particulier aux médecins, la possibilité d'intervenir directement. L'aide humanitaire est soumise au respect des règles de droit et à l'arbitraire de ceux qui les violent ; il faut travailler dans le seul respect des victimes et en transgressant volontairement toutes les règles lorsqu'elles sont utilisées contre l'homme. L'aide humanitaire est dépendante des États ; il faut la rendre autonome et, pour cela, s'appuyer sur une nouvelle force, les médias et l'opinion publique[9]. »

Mais ces adeptes de l'imprudence, de l'inconvenance et de l'ingérence ne renoncent pas à la neutralité. Leur tintamarre est le contraire d'une trahison : ils renouent avec Dunant au moment même où ils renient la discrétion et les bonnes manières en vigueur dans l'institution qu'il a créée. Face au mépris des grands principes immuables affiché par les combattants – réels ou imaginaires – de la Révolution, ils revendiquent haut et fort l'universalisme naïf de la morale de la Croix-Rouge. Contre ceux qui, convaincus de savoir à quoi s'en tenir sur la marche du monde, accueillent avec le sourire de l'initié l'anéantissement des *moujiks* ou les images des petits Biafrais au ventre gonflé, cette nouvelle génération humanitaire proclame le droit et le devoir de secourir toutes les victimes dans quelque camp que les ait situés l'Histoire et quel que soit le signe idéologique de leur oppresseur. Les voies du Seigneur sont *impraticables* : on conteste moins Dieu désormais que la Providence, dans sa version religieuse comme dans la version séculière que les modernes en ont donnée. On refuse d'intégrer la violence à un plan d'ensemble et de se réconcilier avec le Mal au nom des intérêts supérieurs de l'humanité. On ne dit plus, avec Trotski, que sont louables les actes, même les plus féroces, qui œuvrent à l'avènement de l'égalité, et détestables les actes, même les plus miséricordieux, qui retardent ou qui entravent cette moralisation définitive et universelle[10] ; on affirme, avec Lévinas, que « la justification de la douleur de mon prochain est la source de toute immoralité[11] ». On n'a pas peur de se salir les mains ; on les plonge, en surmontant sa répugnance, dans la merde et dans le sang, mais c'est pour réparer les vies écrasées par l'Histoire – non pour contribuer à leur écrasement. Il n'y a plus de blessés de droite ou de gauche : à l'inverse du militant internationaliste qu'il a parfois été (et dont il expie l'*idéalisme cynique*), le sauveteur sans frontières ne soumet l'appel silencieux de la détresse à aucun interrogatoire préalable. Au lieu de se méfier de son premier mouvement, il le suit précisément parce que c'est le bon ; au lieu de prendre sur soi pour la Cause, il accepte de défaillir et de débrider sa sensibilité. La raison historique naguère avait étouffé en lui les raisons du cœur, c'est désormais le cœur qui a raison de l'Histoire et l'émotion qui retrouve ses droits. Une époque s'achève : celle de l'adieu aux larmes. Après une longue escapade du côté de Marx, de Hegel et de leur omelette humaine, l'idée d'humanité se rebiffe contre ce destin culinaire et, congédiant le XIXe siècle à la fin du XXe, elle revient à Rousseau.

Quand on égorge son semblable sous sa fenêtre – c'est-à-dire en tout point du globe depuis cet événement incalculable, la conquête de l'ubiquité par la télévision –, l'homme humanitaire cède à la pitié : il s'est dégagé de l'emprise du philosophe dont Rousseau, sarcastique et prémonitoire, nous dit dans le *Discours sur l'origine de l'inégalité* qu'« il n'y a plus que les dangers de la société entière qui l'arrachent de son lit » et que, pour le reste, « il n'a qu'à mettre ses mains sur ses oreilles et s'argumenter un peu pour empêcher la nature qui se révolte en lui de l'identifier avec celui qu'on assassine »[12]. Qu'il soit médecin, pharmacien, infirmier, ingénieur, convoyeur ou même simple spectateur, l'homme humanitaire ne s'argumente plus, il s'abandonne. Revenu de l'altruisme sélectif et abstrait qu'imposait le mouvement de l'Histoire, il peut « se livrer étourdiment au premier sentiment de l'humanité[13] ». Qui, aujourd'hui, oserait lui faire grief de cette étourderie ? Qui aurait le cœur d'opposer à cette affirmation rousseauiste de Michel Foucault lui-même : « Le malheur des hommes ne doit jamais être un reste muet de la politique[14] », l'*étourdissante* virtuosité dialectique qui fait du Mal un instrument du Bien ou du Bien apparent une force objectivement nocive ?

Il n'y a donc pas lieu de regretter que l'humeur générale, au soir du siècle, soit un peu plus étourdie, un peu moins étourdissante, ni qu'un humanitarisme intrusif et tapageur ait simultanément détrôné le protocole suisse de la pitié et l'impitoyable philosophie de l'Histoire.

Il n'y a pas lieu non plus, cependant, d'être triomphaliste. Le regard du médecin, en effet, n'est pas moins réducteur que celui du militant. Le militant ne retenait des hommes que leur rôle dans le drame de la Raison. Le médecin du monde ne voit en eux que la misère et la maladie. Il importait au plus haut point au militant de savoir à quel camp et à quel temps appartenaient les blessés, s'ils étaient progressistes ou réactionnaires, s'ils souffraient dans le bon sens ou à contre-courant, car il n'y avait pour lui d'autre réalité qu'historique, et il ne voulait à aucun prix laisser sa solidarité quitter, pour des chemins de traverse, l'autoroute de l'Histoire. Ému par la souffrance dans sa contingence immédiate, l'acteur humanitaire n'a plus de préjugés, mais il n'a pas pour autant le souci de *qui* est l'individu souffrant, de son être ou de sa raison d'être, du monde qu'il veut contribuer à bâtir, des motifs de sa persécution ou de son agonie, du sens qu'il entend donner à son histoire et peut-être à sa mort. Sauver des vies : telle est la mondiale mission du médecin du monde ; il est trop occupé à remplir de riz la bouche qui a faim pour écouter la bouche qui parle. Les mots n'entrent pas dans le champ de sa sollicitude. Ce qui requiert son intervention, ce sont les populations meurtries, non les peuples volubiles, l'espéranto de la plainte, non les langues opaques et particulières des nations. Les corps dont il s'occupe sont, si l'on peut dire, des corps désincarnés. « A boire ! A boire ! », telle est la supplique barbare qu'émettent, en guise de *logos*, ces spécimens indistincts de l'humanité.

« A l'infirmerie, écrit justement Michel Serres, aucun ne souffre ni ne gémit bien différemment des autres. Universelle comme la violence et la mort, la douleur nous égalise. La même amertume sale la sueur, les larmes et le sang[15]. » Mais à la volonté exprimée par l'auteur de *La Légende des Anges* de fonder la morale sur cette égalisation, Goethe répondait dès 1787 : « Moi aussi, je dois dire, je pense que l'humanité finira par triompher. Seulement, je crains que le monde ne devienne un vaste hôpital, où chacun sera pour autrui un garde-malade compatissant[16]. » Et Bernanos, plus près de nous : « Qu'on tourne et retourne comme on voudra l'histoire du monde, il y est clair que les misérables n'ont jamais été aimés pour eux-mêmes. Les meilleurs ne les souffrent ou ne les tolèrent que par pitié. Par la pitié, ils les excluent de l'amour, car la réciprocité est la loi de l'amour, il n'est pas de réciprocité possible à la pitié. La pitié est un amour déchu, avili, un mince filet de l'eau divine qui se perd dans les sables[17]. » Malgré les apparences, en effet, la miséricorde n'est pas exclusive de la misanthropie et ce que manifeste aujourd'hui la résorption de tous les liens humains dans le seul sentiment d'humanité, c'est moins le souci des autres qu'une invincible défiance envers leur liberté.

Entendons-nous bien : le médecin contreviendrait à l'éthique médicale s'il ne soignait pas le *premier venu* sans s'inquiéter de ses opinions, de ses projets ou de son origine. En proclamant avec une belle emphase : « Je m'engage, dans la mesure de mes moyens, à donner mes soins à ceux qui, dans le monde, souffrent de corps ou d'esprit », le thérapeute sans frontières met le serment d'Hippocrate à l'heure de l'image immédiate et du village global – on ne peut que se réjouir de cette fidélité et de cette modernisation. Mais là où le bât blesse, c'est quand notre temps fait sien le regard du médecin, quand notre intérêt pour le monde se réduit à son intérêt pour la vie et que les corps couchés qui s'offrent à notre sollicitude ne sont plus rien d'autre, comme l'écrit Régis Debray, que « la cible de n'importe où et du n'importe quoi[18] ». Là où le bât blesse, c'est quand nos yeux, pourtant grands ouverts, ne savent plus faire la différence entre l'accident et l'agression et ne voient plus dans l'hétérogénéité des catastrophes que des sinistrés monotones, des victimes interchangeables, des « Martiens sans appartenance, échoués sans raison à nos pieds, au petit malheur la chance[19] ».

Certes, tant de luttes ont mal tourné, tant de causes ont été trahies, tant de crimes commis au nom des plus hautes valeurs – notamment l'humanité – qu'il est légitime de vouloir quitter les altitudes pour parer au plus pressé. La leçon de ce siècle infernal ne consiste-t-elle pas à faire son deuil du paradis terrestre et à lutter partout contre l'évidence du Mal plutôt qu'à entrer, en vue d'un Bien hypothétique, dans la dialectique meurtrière des fins et des moyens ? Mais l'attitude humanitaire ne procède pas seulement de la désaffection pour les grandes promesses. Elle doit son succès planétaire à son réductionnisme et à sa proposition d'un engagement où l'on gagne à tous les coups. *Boat-people*, exclus, affamés et agonisants, ses destinataires ne peuvent plus faire faux bond. Ce sont des êtres dépendants, des figures de l'affliction, des sujets tout entiers habités par la souffrance et le besoin, non des individus agissants, c'est-à-dire immaîtrisables. La génération humanitaire veut en finir avec la période idéologique qui assujettissait l'histoire des hommes à la logique d'une seule idée. Mais, pas plus que l'idéologie, elle n'accepte de s'exposer à l'« infiniment improbable » qui, pour reprendre une expression de Hannah Arendt, constitue la « texture même du réel ». Elle n'aime pas les hommes (trop déconcertants), elle aime s'occuper d'eux. Libres, ils lui font peur ; pour donner libre cours à toute sa tendresse et pour en prendre soin sans qu'ils prennent le large, elle les veut handicapés. Égarée naguère par la fable de l'humanité en marche, elle se replie, afin d'éviter toute mauvaise surprise, sur la vérité indiscutable de l'humanité souffrante. Dégrisée de la grande Histoire, elle ne s'intéresse plus qu'au malheur de l'espèce : sa solidarité prend la forme d'un immense maternage. Sa prédilection pour les désolés anonymes ressortit davantage au principe de précaution qu'à l'élan fraternel. Sur le plan intellectuel au moins, cette morale de l'extrême urgence est une morale de l'extrême confort. La génération humanitaire, en effet, ne renonce au survol de l'Histoire que pour une nouvelle position d'infaillibilité. Et si elle coupe la bande-son du monde, ce n'est pas tant pour entendre l'appel insonore et impératif de la misère que parce que le monde humain est incertain et compliqué, alors que le vouloir-vivre est simple et que les corps ne prennent pas la tête. La victime, elle, ne ment pas.

« L'horreur s'attache à des événements qu'il est nécessaire de ne jamais oublier, écrit Paul Ricœur. Elle constitue la motivation ultime de l'histoire des victimes (je préfère dire l'histoire des victimes plutôt que celle des vaincus : car les vaincus sont, pour une part, des candidats à la domination qui ont échoué). Les victimes d'Auschwitz sont, par excellence, les délégués auprès de notre mémoire de toutes les victimes de l'histoire.

La victimisation est cet envers de l'histoire que nulle ruse de la Raison ne parvient à légitimer et qui, plutôt, manifeste le scandale de toute théodicée de l'histoire [20]. »

On peut faire crédit au regard humanitaire d'avoir dénoncé le scandale et réhabilité la victime. « Tremblements de terre ou de société, toute victime est d'abord perçue comme “à sauver” [21] », affirme ainsi André Glucksmann. Mais qu'est-ce, précisément, que la victime ? Rien de précis : un homme détaché de ses entours et de ses racines, hors sol et hors situation, vidé de lui-même et privé de ses possibles au seul bénéfice d'un *malheur sans nom*. Ce n'est pas l'homme au singulier qui vit sur terre, aimait à dire Hannah Arendt, mais les hommes dans leur pluralité infinie. Elle éprouvait l'étrange nécessité de marteler cette évidence parce que la réduction des hommes à l'Homme est la tentation permanente de la pensée. Et cette tentation, qui avait hier le visage de l'idéologie, triomphe maintenant dans la sollicitude. Avec l'idéologie, c'était l'Homme en progrès qui venait à bout de la pluralité humaine ; avec la sollicitude, c'est l'Homme comme espèce et les tribulations impersonnelles de ses représentants. A l'âge de l'idéologie, on croyait tout savoir ; à l'âge de la bienfaisance, on ne veut rien savoir. Ce changement est tout, sauf une révolution. Du projet d'établir définitivement le bonheur sur la terre à la lutte au coup par coup contre toutes les formes de l'inhumain, du primat de la Raison à celui du Sentiment, la même intolérance, *le même ressentiment* se perpétuent à l'encontre de la fragilité et de l'imprévisibilité de ce que les Grecs appelaient les affaires humaines. La conjuration du politique n'est pas moins à l'œuvre dans l'assimilation des conflits entre les hommes à un cataclysme naturel que dans leur intégration à une totalité en mouvement vers la liberté universelle. L'envers de la compassion généralisée, en effet, c'est la révolte contre le risque auquel la pluralité humaine expose tout jugement et contre le casse-tête permanent qu'elle inflige. En devenant humanitaire, l'homme n'a pas renoncé à l'assurance tous risques que lui promettait l'idéologie ; il s'y prend autrement pour échapper aux tracas de la sagesse pratique et rester maître du jeu.

A la fin d'« un siècle qui, en soixante ans, a connu deux guerres mondiales, les totalitarismes de droite et de gauche, hitlérisme et stalinisme, Hiroshima, le goulag, les génocides d'Auschwitz et du Cambodge [22] », on ne peut plus, comme le soulignent fortement Lévinas et Ricœur, expliquer ni apaiser le Mal en l'incorporant dans un plan d'ensemble. Notre siècle est, par excellence, celui de la *souffrance inutile*, et celle-ci réclame non d'être motivée par une dialectique mais d'être soulagée, quand c'est possible, par une intervention immédiate et libre de tout *a priori*. Si pourtant cette nouvelle philanthropie sans œillères fait problème, c'est parce qu'elle a partie liée avec l'horreur. Échaudée, elle refuse de se laisser entraîner hors de l'espace humanitaire de la catastrophe. Ce qui veut dire qu'il lui faut du sang, et pas qu'un peu, pour sortir de sa réserve et se mettre en action. Seuls l'émeuvent les grands fléaux, les massacres incontestables et les détresses passives. Avant que la terrible clarté du Mal ait dissipé les confusions, les intrications et les ombres, elle se tient à l'écart. Après, elle a d'autres chats à fouetter. Implacable douceur. Il y a, tout compte fait, autant de cruauté dans cette aliénation sentimentale à la misère que dans le viril recours, pour désamorcer la misère du monde, à la ruse de la Raison.

Et il n'est pas sûr, non plus, qu'il y ait moins d'aveuglement. Dieu voit clair, mais, selon la belle formule de Milan Kundera, « l'homme est celui qui avance dans le brouillard[23] ». Le brouillard est son lot, même quand il croit vivre sous le soleil de la raison ou sous l'éclairage non trafiqué du sentiment, même quand l'être s'offre à lui comme panorama ou qu'il prend, sans exclusive, le parti de tous les malheureux. Miser sur l'humanitaire et choisir, une bonne fois, le camp des victimes, ce n'est pas, malgré les apparences, gagner à tout coup. On a beau faire, il y a forcément quelque chose de risqué et d'aléatoire dans l'exercice de la solidarité ; l'engagement est toujours de l'ordre du pari, quelles que soient les précautions. L'omniprésence de l'image et l'émergence corrélative d'une opinion de la terre habitée ont certes obligé l'Assemblée générale des Nations unies à inscrire dans le droit positif international le droit d'assistance humanitaire. Le 8 décembre 1988 a vu le triomphe de Dunant avec l'affirmation, dans le sanctuaire même de la souveraineté, du libre accès aux victimes. Mais comme l'atteste, entre autres, l'accompagnement humanitaire du dernier conflit qui ait eu lieu, en ce siècle, sur le sol européen : la guerre pour la Grande Serbie – commencée en 1989 au Kosovo et conclue à la fin de l'année 1995 par une paix très précaire en Bosnie-Herzégovine –, la raison d'État a su très vite prendre son parti de cette immixtion de la sensibilité commune dans l'espace jusqu'alors aristocratique et calfeutré de la diplomatie. Il ne lui a guère été difficile de s'adapter à la nouvelle donne médiatico-affective et de dissimuler derrière le spectacle édifiant de la bonne volonté les calculs les plus froids de l'intérêt ou de la volonté d'impuissance. De l'assistance comme expédient : Rony Brauman rappelle à juste titre le rôle du zèle compatissant et de l'action caritative dans la stratégie de communication de celui qui, en France, exerçait la magistrature suprême pendant la plus grande partie de la catastrophe yougoslave, François Mitterrand. L'ancien président de la République française « est resté, bien au-delà du raisonnable, favorable au maintien de la Yougoslavie dans ses frontières et persuadé que seul un pouvoir serbe fort était à même de garantir une certaine stabilité dans cette région explosive [24] ». Mais la téléprésence de l'événement a fini par rendre cette position inacceptable aux Français. Il fallait impérativement un geste : « L'affairement et le discours humanitaires lui ont permis de réaffirmer l'attachement indéfectible de la France aux droits de l'homme, de mimer une opposition au fascisme grand-serbe tout en lui laissant la voie libre [25]. » Le sentiment fut, en l'occurrence, l'allié providentiel du cynisme et non, comme on pourrait croire, son plus redoutable ennemi.

Au moment même où il croit placer l'acteur politique sous la haute surveillance de l'image, l'homme humanitaire lui offre la possibilité inespérée de déposer le terrible fardeau de la morale politique et de délaisser, pour un secourisme narcissique, la difficile question de savoir comment contribuer, de là où nous sommes et dans la mesure de nos moyens, à faire du monde un séjour habitable pour ces êtres tous pareils et tous différents qui forment l'humanité.

C'est au nom de l'idéologie qu'on refusait hier d'être dupe de la souffrance. C'est adossé à la souffrance, et avec toute la misère du monde à portée de vue, qu'on refuse désormais d'être dupe de l'idéologie. Ainsi va la crédulité des incrédules. Les hommes avancent dans le brouillard, mais, comme le disait Péguy à l'aube d'un siècle placé tout entier sous le signe de la démystification, ce sont les imbéciles qui font le malin.

CHAPITRE SIXIÈME

Des anges et des hommes

« LesOuménés de Bonnada ont pour désagréables voisins les Nippos de Pommédé. Les Nibbonis de Bonnaris s'entendent soit avec les Nippos de Pommédé, soit avec les Rijabons de Carabule pour amorcer une menace contre les Ouménés de Bonnada, après naturellement s'être alliés avec les Bitules de Rotrarque, ou après avoir momentanément, par engagements secrets, neutralisé les Rijobettes de Biliguette qui sont situés sur le flanc des Kolvites de Beulet qui couvrent le pays des Ouménés de Bonnada et la partie nord-ouest du turitaire des Nippos de Pommédé, au-delà des Prochus d'Osteboule.

« La situation naturellement ne se présente pas toujours d'une façon aussi simple : car les Ouménés de Bonnada sont traversés eux-mêmes par quatre courants, ceux des Dohommédés de Bonnada, des Odobommédés de Bonnada, des Orodomédés de Bonnada et, enfin, des Dovoboddémonédés de Bonnada[1]. »

Ainsi commence le poème satirique d'Henri Michaux intitulé « Le secret de la situation politique ». « Soyons enfin clairs », dit la phrase qui figure en exergue et que Michaux attribue à Arouet, c'est-à-dire à Voltaire. Toute la saveur voltairienne de l'épigramme réside précisément dans le contraste entre l'injonction et la description. La clarté, en effet, ne résiste pas aux noms propres. Elle est terrassée par leur accumulation sans fin, par leur proliférant exotisme, par leurs ramifications toujours plus fines, par l'inextricable chorégraphie de leurs affrontements et de leurs alliances, par la combinaison, enfin, du tam-tam dans la brousse (les Ouménés de Bonnada) et de vagues réminiscences bigoudènes (les Rijobettes de Biliguette). Les Lumières s'éteignent dans le grand festival d'inanités sonores que les noms à majuscule déploient inépuisablement pour nous.

Le secret de notre situation politique, selon Michaux, c'est qu'elle n'est pas politique, mais onomastique. Ce sont d'obtuses identités, en effet, qui occupent la scène, et non des doctrines, des principes ou des programmes. L'universel s'efface au profit du singulier, le conceptuel au profit du contingent et la belle intelligibilité du sens est détrônée par un embrouillamini totalement aléatoire. Dans la guerre qui nous est contée, il y a non plus des enjeux mais des labels ; les différences d'appellation remplacent les divergences d'opinion ou les conflits de valeur ; l'écholalie règne, et non l'idéologie. Là où d'autres tranchent, avec gravité, entre des signifiés antagonistes, l'humour de Michaux découvre un méli-mélo de signifiants hétéroclites ou indiscernables. Nulle philosophie n'est en mesure de convertir en raison l'arbitraire de ces êtres de fait ou d'apporter la rédemption métaphysique de l'idée au foutoir de l'Histoire. Les peuples qui se chamaillent et qui se cherchent continuellement des histoires sont des entités pour rien, des réalités enfermées dans leur idiotisme, des absurdités collectives, en un mot, qui n'existent que parce qu'elles existent, indépendamment de toute vocation et de toute raison d'être.

En 1991, l'opinion publique occidentale – partagée entre la déception, le rire et la peur – a cru voir apparaître sur les décombres du communisme un *monde à la Michaux*, c'est-à-dire un monde abandonné par l'esprit et livré à la bêtise des querelles de bornage. Au soir d'un siècle épuisé par les batailles sans merci que tant d'idées à prétention universelle s'étaient livrées en tous sens, on s'apprêtait à célébrer, comme il se doit, le triomphe de la démocratie libérale sur son dernier concurrent. Or voici qu'à peine débouchées les premières bouteilles de champagne la scène de l'Histoire s'est trouvée brusquement envahie par des nations criardes et imprononçables, débarquant chacune avec sa mémoire singulière, ses armoiries bizarres, son vieux drapeau tout neuf et son opaque facticité. *Tribalisme* : telle est la catégorie sous laquelle furent spontanément pensés cette frénésie nominative, ce jaillissement héraldique non prévu au programme. Slovénie, Slavonie, Slovaquie, Croatie, Krajina, Izetbegović, Milosević, Karadzić, Silaidzić, Granić, Ganić : on se prend encore les pieds dans le traquenard phonétique qui a succédé sans prévenir à cette zone malheureuse, homogène et si commode qu'on appelait naguère l'Europe de l'Est. « Jusque très récemment, on prenait le nom de la Bosnie-Herzégovine pour une blague », écrivait en 1993, et sans la moindre trace d'embarras ou de remords, une célèbre éditorialiste du magazine américain *Newsweek*[2].

On l'a vu plus haut : notre temps craint par-dessus tout les lendemains qui déchantent et il a juré qu'on ne l'y reprendrait plus. Mais la peur d'être floué n'est pas la seule raison pour laquelle il préfère les corps aux causes. Il y a aussi le fait qu'aucune cause actuelle ne lui paraît universalisable et que, après la maladie de l'Histoire, une autre fureur, plus comique mais non moins nocive, affecte les hommes et menace, à ses yeux, de rendre le monde amok : la maladie de la géographie. Avec la fin de la guerre froide, tout se passe comme si la grande confrontation des systèmes avait cédé la place aux guerres picrocholines, aux différends frontaliers, au fatras ridicule et sanglant des chicaneries territoriales et des tautologies identitaires. Or, sauf à se transformer de militant en « supporter », quel sens y a-t-il à choisir, contre tel autre, le camp de telle identité ?

Ainsi s'explique la longue prostration de l'opinion européenne devant la dernière guerre du siècle en Europe. Au refus humanitaire et précautionneux de s'aventurer au-delà de la défense de la vie, s'ajoutent ces déterminations positives : le choix métaphysique de l'idée contre l'identité et celui – éthique – du cosmopolitisme contre le particularisme et du mélange ou du métissage contre l'absolutisme de la pureté. S'il a fallu attendre le pilonnage de Sarajevo et l'assassinat systématique des civils cueillis au hasard dans les gestes les plus élémentaires de la vie quotidienne pour que les héritiers de Michaux cessent de rire et manifestent leur indignation, c'est sans doute parce que la pureté victimaire des habitants de la ville ne faisait plus aucun doute au sentiment d'humanité, mais c'est surtout parce que, bien mieux que dans la cité croate de Vukovar, l'idée cosmopolite paraissait s'accomplir dans la capitale multiculturelle de la Bosnie.

Intervenant dans le cadre d'un grand colloque d'écrivains, de chercheurs et d'intellectuels réunis à Strasbourg du 8 au 11 novembre 1991 – soit deux mois après le début du siège de Vukovar et dix jours exactement avant l'entrée de l'armée yougoslave dans la ville anéantie par les bombardements –, le sociologue Pierre Bourdieu fit, sous le titre « L'Internationale scientifique et artistique », une communication brève mais cruciale. Il y déclara notamment ceci : « Peut-être que c'est prématuré, peut-être que j'usurpe, que je n'ai aucun droit à dire ça ici : j'aurais envie que nous soyons une sorte de Parlement européen de la culture. Européen au sens où c'est pour moi une étape, un degré d'universalisation supérieure, au sens où c'est déjà mieux que d'être français [3]. » Ce « déjà mieux » inscrit Bourdieu, à son corps défendant peut-être, dans la filiation directe de Julien Benda, et notamment du *Discours à la nation européenne* que celui-ci rédigea en 1932 : « Clercs de tous les pays, vous devez être ceux qui clament à vos nations qu'elles sont perpétuellement dans le mal, du seul fait qu'elles sont des nations. [...] Plotin rougissait d'avoir un corps. Vous devez être ceux qui rougissent d'avoir une nation [4]. »

Certes, l'Europe, réalité géographique et matérielle, n'est pas délivrée de la malédiction du corps ; aussi faut-il considérer « la frontière européenne comme n'étant qu'une immobilité illusoire dans une évolution qui ne saurait s'interrompre [5] ». Mais, précisait Benda à la fin de son discours, ce corps n'est déjà plus tout à fait aussi charnel que les vieilles patries. Avec l'Europe, l'homme encore prisonnier du sensible aura fait un grand pas vers sa véritable destination : « Parce que l'Europe même impie sera nécessairement moins impie que la nation. Parce qu'elle sera la dévotion de l'homme à un groupe moins précis, moins individualisé, et par conséquent moins humainement aimé, moins charnellement embrassé. L'Européen sera fatalement moins attaché à l'Europe que le Français à la France, que l'Allemand à l'Allemagne. Il sentira d'un lien beaucoup plus lâche sa détermination par le sol, sa fidélité à la terre. Faites l'Europe, même souveraine, et le dieu de l'Immatériel déjà vous sourira [6]. »

Le souhait de Benda est, au moment où Bourdieu s'exprime, en voie de réalisation. L'Europe reste la détermination particulière qui sépare l'homme de son humanité. D'où la réticence de Bourdieu à décliner cette identité. Mais, en devenant européen, le Français transcende sa petitesse natale, élargit son pré carré et occupe un espace plus vaste, plus abstrait, plus rationnel, plus civilisé que la nation. D'où, quand même, l'adhésion de Bourdieu à l'idéal européen. Et le Parlement intellectuel dont il rêvait a vu le jour, deux ans seulement après la rencontre de Strasbourg : écœurés en 1991 et 1992 par les combats que se livraient, au cœur de l'Europe, les Ouménés de Bonnada, les Nippos de Pommédé et les Nibbonis de Bonnaris, ses membres ont pris, dès leur entrée en fonction, fait et cause pour la Bosnie. Le dieu de l'Immatériel, en effet, souriait à ce pays. Aux nations pécheresses du fait même d'être des nations, la Bosnie opposait sa pureté ontologique et son innocence multinationale. Affranchis de tout lignage, dégagés des divisions, des discordes et de la servitude charnelles, ses citoyens n'avaient pas à rougir ou à s'excuser de leur appartenance : leur nom, plus qu'un nom, était l'emblème du cosmopolitisme ; leur territoire, plus qu'un lieu particulier, était un modèle réduit de l'universel. Être bosniaque, c'était déjà mieux qu'être slovène, croate, albanais, macédonien ou serbe.

En 1942, c'est-à-dire deux ans après avoir quitté la France occupée pour les États-Unis et neuf ans après avoir fui l'Allemagne hitlérienne pour la France, Hannah Arendt évoque, à la première personne du pluriel, l'expérience terrible et de plus en plus banale des réfugiés : « Nous avons perdu notre foyer, c'est-à-dire la familiarité de notre vie quotidienne. Nous avons perdu notre profession, c'est-à-dire l'assurance d'être de quelque utilité en ce monde. Nous avons perdu notre langue maternelle, c'est-à-dire nos réactions naturelles, la simplicité des gestes et l'expression spontanée de nos sentiments. Nous avons laissé nos parents dans les ghettos de Pologne et nos meilleurs amis ont été assassinés dans les camps de concentration, ce qui signifie que nos vies privées ont été brisées [7]. »

Trois décennies plus tard, un autre exilé, Jean Améry, poursuit la description arendtienne de la communauté de ceux qui n'avaient pas de communauté, par une méditation admirable et stupéfiante intitulée « Dans quelle mesure a-t-on besoin d'une terre natale ? ». En 1939, Jean Améry, qui s'appelait alors Hans Mayer et qui habitait Vienne, a dû, parce qu'il était juif, emprunter la route des contrebandiers pour un long voyage dans la nuit qui l'a mené jusqu'à Anvers. Logé à la même enseigne qu'Arendt, titulaire du même « nous » privatif et déconcerté, ayant rejoint comme elle et de façon plus tragique encore – car il ne lui sera pas donné d'échapper à la déportation – la fantomatique cohorte des « chevaliers de Sans-Pays à la triste figure et frappés d'anathème [8] », Améry s'interroge longuement sur le sens de la nostalgie : « Qu'était-ce donc que ce mal du pays chez ceux que le Troisième Reich avait bannis en raison de leurs opinions politiques ou de leur arbre généalogique [9] ? » A quoi il répond sans ambages : « Mon mal du pays, notre mal du pays, c'était l'aliénation de soi [10]. »

Autrement dit, ce n'est pas seulement son pays qui manque à celui qui a mal, c'est son identité même. La perte du *chez-soi* donne tout son sens au trait d'union entre les deux termes de ce syntagme : « J'étais un homme qui ne pouvait plus dire "nous" et qui, pour cette raison, disait "je" par habitude et sans plus être animé par le sentiment d'être en pleine possession de soi[11]. » Réduit à lui-même, l'expatrié n'est plus lui-même. Orphelin de l'évidence, il comprend par défaut que les objets, même les plus prosaïques ou les plus fonctionnels, ne se définissent pas seulement par leur ustensilité et que, en dépit du triomphe moderne de l'intelligence rationnelle, « nous en sommes encore réduits », pour vivre humainement, « à vivre au milieu de choses qui nous racontent des histoires »[12]. Un monde dépeuplé de tout fétiche et entièrement soumis à la pensée utilitaire n'est plus vraiment un monde. Sous la même et douloureuse lumière du manque, la langue maternelle se révèle au réfugié non pas comme la langue qu'il domine, qu'il maîtrise et qu'il manipule le mieux, mais comme la seule langue *qui lui parle quand il la parle* et qui échappe, de ce fait, à toute manipulation : « *La table* ne sera jamais *der Tisch*, tout au plus peut-on s'y remplir l'estomac[13]. »

Cette différence impalpable mais abyssale entre deux mots qui veulent dire la même chose affecte même les exils réussis, comme l'atteste l'histoire de deux émigrants originaires d'Allemagne qui se rencontrent après plusieurs années de séjour à New York. « "Es-tu heureux ?", demande l'un. "Je suis heureux, répond l'autre, *aber glücklich bin ich nicht*[14]..." » Je suis heureux, mais heureux je ne suis pas : c'est la part intraduisible de la vie qui se révèle dans cette blague rebelle à la traduction, et, se demande Améry, qu'est-ce qu'une vie privée de son opacité native ?

La personne déplacée, a dit Hannah Arendt, est la

catégorie la plus représentative du XXe siècle. Or la leçon que cette personne est amenée, comme malgré elle, à tirer de son expérience, c'est que l'homme ne conquiert pas son humanité par la liquidation du passé qui le précède, la répudiation de ses origines ou le dessaisissement de la conscience sensible au profit d'une raison surplombante et toute-puissante. Abstraction faite de son appartenance et de son ancrage dans un milieu particulier, l'homme n'est plus rien qu'un homme. Et, n'étant plus rien qu'un homme – une pure conscience sans attaches et sans résidence –, il n'est plus un homme. Ce n'est pas l'exterritorialité qui l'humanise, c'est, au contraire, la place qu'on lui fait et l'inhérence à un monde déjà doué de signification. La « force pragmatique » de cet argument opposé par la pensée romantique à la philosophie des Lumières a pris, comme l'écrit Arendt, un « caractère irréfutable [15] » dans les sombres temps de la persécution et de l'exil. S'il est vrai que leur terre natale était devenue le cauchemar des Juifs allemands (ou des Juifs polonais) et que cette fatale conjoncture les rendait comme étrangers à leur propre nostalgie, ce second exil n'annulait en aucune manière le premier, il l'aggravait d'une torture supplémentaire en lui refusant le droit à l'attendrissement et à ses larmes consolantes. Parce que sa patrie était à ses trousses, Améry s'employait à repousser les assauts de la mélancolie et à extirper de lui le morceau de sa vie qui était rattaché au pays perdu *et* prédateur, mais « la douleur atteignait son paroxysme jusqu'à en devenir intolérable quand, au beau milieu du labeur appliqué et ardu de l'autodestruction, la nostalgie traditionnelle refaisait surface, se mettait à bouillonner et réclamait sa place. Ce que notre souhait pressant et notre devoir social nous enjoignaient de haïr se dressait soudain devant nous et voulait être aimé : état névrotique totalement impossible, qu'aucune herbe psychanalytique n'est de taille à combattre [16] ».

Et quand il revient, bien après coup, sur cette nostalgie invivable, Jean Améry n'est pas au bout de ses peines : il doit encore montrer patte blanche et se justifier devant la mémoire inquiète, vigilante et suspicieuse de ses lecteurs. Il n'est pas, tient-il à préciser, « un attardé de l'armée du *Blut-und-Boden* [17] » ; lorsqu'il parle de *Heimat*, il n'a pas le regard « tourné vers les vieux Germains couchés sur leur peau d'ours [18] » ; mais ce serait tirer du siècle une conclusion simpliste et spécieuse que de « tout de suite associer les mots terroir, pays ou patrie à une sorte d'infériorité spirituelle [19] ». Améry est payé pour connaître le risque mortel que font peser sur le monde le culte de l'appartenance, la segmentation de l'humanité et l'enfermement des individus dans leur race ou dans leur culture. Nous qui le lisons aujourd'hui, nous avons vu cette menace s'actualiser, tout récemment encore, dans la violence exercée par les nationalistes serbes au Kosovo, en Croatie et en Bosnie-Herzégovine – comme dans le comportement terrifiant des Croates à Mostar. Et tout porte à croire que ce fanatisme destructeur de ponts n'a pas dit, là-bas, son dernier mot. Mais, étant lui-même l'un des innombrables parias que la folie de l'enracinement a déracinés en ce siècle, Améry a aussi connu l'expérience radicale et désespérée de l'*absolue non-appartenance au monde.* Il ne peut donc pas se contenter de retourner le déracinement en valeur positive ou d'opposer le grand air du cosmopolitisme aux effluves réactionnaires de la nostalgie. Ce qu'il a appris de sa propre désolation, c'est qu'aucun particularisme n'était en droit de revendiquer l'intégralité de son être, mais aussi, et indissolublement, qu'il fallait « avoir une terre à soi pour ne pas en avoir besoin [20] ». Inhumaine, autrement dit, est la détermination de l'homme par le sol et par le sang, et non moins inhumaine est la vie titubante de l'homme à qui sont retirées les bases terrestres de son existence. « J'ai maintenant vingt-sept ans d'exil derrière moi, constate Améry, mes compatriotes spirituels sont Proust, Sartre, Beckett. Pourtant je suis toujours convaincu qu'il faut se trouver au milieu de ses compatriotes dans les rues du village ou de la ville pour mieux apprécier ses concitoyens spirituels, et que l'internationalisme culturel ne peut prospérer que dans l'enceinte d'une sécurité nationale [21]. » Dans le moment même où il doit rompre avec son passé et se forger une identité nouvelle en permutant les lettres de son nom, l'ex-Hans Mayer fait, par défaut, cette découverte philosophique considérable : tout ce qui est donné à l'homme et non construit, choisi, voulu par lui n'est pas, *ipso facto*, oppressif ou aliénant. Tout ce qui conditionne son être n'est pas de l'ordre du conditionnement : il y a des limites au pouvoir de chacun sur sa vie, qui ont la paradoxale vertu de rendre la liberté possible. Comme

Arendt, Améry est une personne déplacée et, comme elle, il est déplacé partout. Il n'entre pas dans le cadre des antinomies qui, aux yeux des esprits éclairés, résument pourtant l'époque : ou bien l'essence de l'homme se définit par une *espèce d'enchaînement*, selon la définition donnée par Emmanuel Lévinas, dès 1934, de la philosophie hitlérienne[22] ; ou bien l'arrachement est le propre de l'homme. Ou bien le natal, le natif, la nation, la nature ; ou bien la liberté. Ou bien la prédominance de l'Autre, ou bien l'autonomie du moi. Ou bien la gratitude envers le donné, ou bien la capacité de penser, de sentir et d'agir par soi-même. Ou bien le poids de l'être, ou bien l'envol du sujet. Ou bien l'inscription généalogique, ou bien l'affirmation individuelle. Ou bien l'identité, ou bien l'humanité : sous quelque forme qu'il se décline, ce dualisme tranche dans le vif de la condition humaine. Et c'est parce que Hannah Arendt et Jean Améry ont, en quelque sorte, expérimenté son insuffisance qu'ils ont consacré l'essentiel de leur activité pensante à *recoller les morceaux*.

Impossible après guerre, cette effraction du paria dans la pensée n'a toujours pas eu lieu, en dépit de l'effondrement du dernier des deux systèmes qui, selon les termes de Vassili Grossman dans *Vie et Destin*, ne reculaient devant rien parce que le monde, pour l'un comme pour l'autre, était volonté. L'illusion révolutionnaire est morte, non l'approche disjonctive de la réalité sur laquelle cette illusion reposait. La victoire de la démocratie n'a pas sonné le glas du grand dualisme dont l'idée communiste a su si longtemps et si habilement tirer avantage. C'est même tout le contraire, comme le montre le passage de témoin de Julien Benda à Pierre Bourdieu et comme le proclame explicitement le grand romancier Mario Vargas Llosa : « L'un des idéaux de notre jeunesse – la disparition des frontières, l'intégration des pays du monde au sein d'un système d'échange qui profite à tous, surtout à ceux qui ont un besoin urgent de sortir du sous-développement – tend aujourd'hui à se concrétiser. Mais contrairement à ce que nous croyions, ce n'est pas la révolution socialiste qui a suscité cette internationalisation, mais ses bêtes noires : le capitalisme et le marché. C'est pourtant la plus belle avancée de l'histoire moderne parce qu'elle jette les bases d'une nouvelle civilisation à l'échelle planétaire, qui s'organise autour de la démocratie politique, de la prédominance de la société civile, de la liberté économique et des droits de l'homme[23]. »

On ne saurait être plus clair : avec, pour viatiques, l'économie de marché, le pouvoir électif et, garantie par les droits de l'homme, l'indépendance de la société à l'égard du pouvoir, la démocratie libérale *succède à son successeur* : voici l'homme enfin humain parce que enfin universel. Mais pour que l'inventaire de cette apothéose soit complet, il faudrait ajouter aux quatre composantes de la nouvelle civilisation mondiale relevées et célébrées par Vargas Llosa la technique ou, plus précisément, la technique informationnelle. Comme le dit le directeur du laboratoire des médias du célèbre Massachusetts Institute of Technology, Nicholas Negroponte : « L'information n'est plus une histoire d'ordinateurs, c'est un mode de vie [24]. » Chaque objet, produit, livre, tableau, musée, monument, ayant désormais son double numérique, chaque homme étant équipé d'un écran (ou sur le point de l'être), tous les écrans tendant à être connectés dans une gigantesque toile d'araignée mondiale – le *world wide web* – et le numérique ayant, de surcroît, conquis l'univers sonore, il n'y a plus de distance ou d'extériorité qui tienne, aucune chose, aucun être, aucune voix – en quelque lieu que ce soit de la terre, de l'air ou des mers – n'est hors de portée du moindre portable. Séance tenante, toute personne peut être touchée et de tout on peut passer commande : un simple clic suffit.

Notre fin de siècle n'aurait pas remis à l'honneur, pour cette technique, le mot majestueux de Révolution s'il ne s'agissait que d'une nouvelle prothèse ou d'un appareillage plus performant. Les services inouïs que rend l'écran total changent radicalement le rapport à la réalité. Désormais, l'homme a lieu sans que le lieu puisse prétendre exercer sur lui la moindre emprise. Sa présence sur terre n'est plus une assignation à résidence. Il se croyait voué, pour toujours, au *hic et nunc* : avec le règne du temps réel et de l'image instantanée, tout est maintenant, le mot *ici* ne veut quasiment plus rien dire. A l'ère du courrier électronique, l'adresse, qui était autrefois l'humble et obligatoire réponse de chacun à la question « où ? », est elle-même devenue mobile. « La plupart des enfants américains ne font pas la différence entre les Baltiques et les Balkans, ne savent pas qui étaient les Wisigoths et ignorent où habitait Louis XIV, rappelle Nicholas Negroponte. Et alors ! Pourquoi serait-ce si important ? Vous saviez, vous, que Reno est à l'ouest de Los Angeles [25] ? »

Pourquoi se frapper en effet ? Grâce à la mise hors jeu de la topologie par la technologie, l'expérience humaine, trop humaine, du voisinage cède la place à l'ivresse olympienne d'une universelle équidistance. L'homme n'est plus vernaculaire, il est planétaire. Son environnement immédiat n'est plus local, mais digital. Il était lié à un territoire, il est branché sur le réseau et n'a que faire désormais des autochtonies. L'inhérence au monde était son destin, le spectacle et la convocation du monde marquent son accession à la liberté. Cybernaute et fier de l'être, il délaisse l'obscène matérialité des choses pour les délices sans fin d'un espace insubstantiel. Il était géographique et historique, le voici *angélique*, soustrait comme les anges aux fatigues de la vie sur terre et à l'ordre de l'incarnation, pourvu comme eux du don d'ubiquité et de celui d'apesanteur. Il était affecté d'une mémoire plus vieille que lui et qui l'obligeait tout en le particularisant ; il est délivré du fardeau du passé, de cet empiétement du déjà-là, de cette altérité intime, de cette blessure préjudicielle infligée au rêve d'autarcie et de cette présence en soi des morts qu'on appelle, par antiphrase sans doute, l'identité. Fin de l'existence incluse : la communication et la connexion généralisées ayant effacé – miraculeux *lifting* – les rides que les frontières avaient sculptées sur le visage de l'humanité, l'appartenance subie s'efface au profit de la relation choisie : tous les morts désormais sont disponibles ; « le bonheur si je veux », chacun peut donner n'importe quel prénom de la terre à son enfant, se brancher, sans quitter sa chambre, sur n'importe quel divertissement, accéder aux catastrophes en direct, explorer affalé les plus lointaines cultures, débouler sans prévenir dans tous les lieux de mémoire, faire, en charentaises, du lèche-vitrines aux antipodes et naviguer à sa guise dans les banques de données du grand mélange mondial que sont devenues les traditions. On était dans un endroit ou dans un autre, dedans ou dehors, chez soi ou à l'étranger, bourgeois ou bohème, casanier ou nomade. Ce « ou » a vécu : ce qui veut dire que la qualité de touriste, en l'homme, remplace peu à peu celle d'habitant et qu'un âge s'annonce où, avec l'abolition conjointe des distances et des destins, chacun pourra être à égalité le visiteur de toute chose.

« Quelle serait, se demandait jadis Chateaubriand, une société universelle qui n'aurait point de pays particulier ? Qui ne serait ni française, ni anglaise, ni allemande, ni espagnole, ni portugaise, ni russe, ni tartare, ni turque, ni persane, ni italienne, ni chinoise, ni américaine ou plutôt qui serait à la fois toutes ces sociétés ? Qu'en résulterait-il pour son intelligence, ses mœurs, ses sciences, son art, sa poésie ? Vous dînerez à Paris, vous souperez à Pékin grâce à la rapidité des communications ; à merveilles ; et puis ? Comment s'exprimeraient les passions ressenties à la fois à la manière des différents peuples dans les différents climats ? Comment entrerait dans le langage cette confusion de besoins et d'images, produits des divers soleils qui auraient éclairé une jeunesse, une virilité et une vieillesse communes ? Et quel serait ce langage [26] ? »

Éclairée par le soleil unique et éternel du multimédia, cette société existe. La technique de notre temps a donné corps à ce qui n'était encore pour Chateaubriand qu'une inquiétante hypothèse. Et notre éthique a salué cette nouvelle réalité comme la réalisation de l'Idéal. Pour l'homme planétaire, en effet, la violence naît de l'appartenance, la purification ethnique procède directement et naturellement de l'engluement impur dans une réalité particulière. Pour cet amoureux de l'Immatériel, la lourdeur est à l'origine de toutes les horreurs. Pour ce voyageur immobile, la guerre est un archaïsme et découle de l'opposition préangélique entre l'ici et l'ailleurs. Le Mal, autrement dit, vient au monde par les patries et par les patronymes. Le Mal, c'est le mort qui saisit le vif et c'est la dictature exercée sur les prénoms par les noms de famille. Le Mal, c'est l'esprit qui, au lieu de s'envoler, s'écrase et se fait chair. Le Mal, c'est l'incarnation. Quelle connerie, la terre ! Mais quel soulagement aussi de voir une nouvelle génération réfractaire aux collines inspirées émerger de l'écran chérubinique et du paysage virtuel ! Quel réconfort, que cet univers fluide et léger, onctueux et ondoyant, dansant et ductile, où rien n'échoit ni n'échappe de manière définitive, où tout se visite, s'échange, se mélange et se combine à volonté, où, en un mot, il est enfin loisible à chacun d'affirmer : « Je suis mappemonde et tout le monde en même temps [27] » !

« L'homme moderne troque sa terre contre le monde. La belle affaire [28] ! », s'exclamait Jean Améry, qui n'était pas loin de penser comme Chesterton que « le globe-trotter vit dans un monde plus restreint que le paysan [29] ». Mais il ignorait que cette belle affaire allait, pour ainsi dire, se conclure sur son dos ou en son nom. C'est appuyé, en effet, sur l'expérience des personnes déplacées que l'homme moderne constitue l'enracinement en moderne péché de la chair et résume la leçon du siècle écoulé à cette vertigineuse alternative : *tourisme ou barbarie*. Voici, par exemple, ce qu'écrit Pierre Nora, maître d'œuvre des *Lieux de mémoire*, ce monumental inventaire des endroits et des emblèmes où s'est cristallisée l'identité française : « Mesuré à ses critères traditionnels, le sentiment national peut paraître en diminution. Mais il a sans doute moins changé d'intensité que d'échelle, et de mode d'expression [...]. D'agressif et de militaire, il est devenu compétitif, tout investi dans le culte des performances industrielles et des records sportifs. De sacrificiel, funeste et défensif, il s'est fait jouissif, curieux et, dirait-on, touristique. De pédagogique, le voilà médiatique ; et de collectif, individuel et même individualiste. Une France à la carte, carte-menu et carte Michelin [30]... »

Déposition de Michelet par Michelin ; substitution du paradigme esthétique ou gastronomique au modèle sacrificiel ; annulation, au profit de la disponibilité du passé, de la dette envers les morts ; retournement de l'injonction patriotique en jouissance patrimoniale ; métamorphose de l'implication en dégustation ; transformation du citoyen en observateur ; dissolution du temps dans l'espace, du normatif dans le récréatif et du politique dans le culturel ; relève par un grand circuit somptueusement balisé des affiliations d'antan et de toutes les vieilles discordes : la consommation met le bellicisme nationaliste hors de combat, la nation elle-même entre dans l'ère du libre-service. Bref, l'homme moderne peut être fier du progrès accompli : touriste de soi et touriste de l'autre, il arpente, en guise de monde, un immense parc d'attractions, un musée interminable où l'identité et la différence s'offrent pareillement à son regard discrétionnaire.

Le tourisme, en d'autres termes, n'est pas simplement la manière itinérante qu'ont les sédentaires contemporains d'occuper leur temps libre, c'est l'état vers lequel s'achemine l'humanité, et cet état, à l'heure des bilans, est érigé en valeur suprême. Ce tourisme destinal accède, par surcroît, au rang de Souverain Bien. « Tous touristes, touristes toujours ! » Telle est la formule finale de l'émancipation et de la fraternité. Ce qui revendique aujourd'hui le beau nom de cosmopolitisme, ce n'est plus, pour citer encore une fois Hannah Arendt, « la disposition à partager le monde avec d'autres hommes [31] », c'est la mondialisation du moi ; ce n'est plus cette *mentalité élargie*, admirablement définie par Kant comme l'aptitude à se transporter en pensée vers d'autres points de vue, c'est une dilatation de la subjectivité et la qualité inhérente à l'homme planétaire enfin sorti des limbes.

Nietzsche disait : « Le désert croît. Malheur à qui protège le désert ! » Malheur à nous, donc, car, conformément à l'inquiétude de Chateaubriand et à la prophétie nietzschéenne, la planétarisation gagne, le désert croît et, malgré l'enseignement d'Améry, c'est la mémoire du désastre qui protège le désert, comme si ce siècle n'avait eu lieu que pour interdire la nostalgie de la terre et pour veiller à la bonne marche des opérations.

Épilogue

Dans les pages finales de la première édition de son livre sur les origines du totalitarisme, paru en Angleterre sous le titre *The Burden of Our Time* (« le fardeau de notre temps »), Hannah Arendt désigne par le mot *ressentiment* la disposition affective caractéristique de l'homme moderne. Ressentiment contre « tout ce qui est donné, même sa propre existence » ; ressentiment contre « le fait qu'il n'est pas le créateur de l'univers, ni de lui-même ». Poussé par ce ressentiment fondamental à « ne voir ni rime ni raison dans le monde tel qu'il se donne », l'homme moderne « proclame ouvertement que tout est permis, et il croit secrètement que tout est possible »[1].

Tout est possible : cet axiome a révélé sa puissance dévastatrice dans les crimes perpétrés au nom de l'humanité universelle comme dans ceux qu'a servi à justifier l'idée d'humanité supérieure. Tirant les leçons de la catastrophe, Hannah Arendt affirme, dans le même texte, que la gratitude est la seule alternative au nihilisme du ressentiment, « une gratitude fondamentale pour les quelques choses élémentaires qui nous sont invariablement données, comme la vie elle-même, l'existence de l'homme et le monde. [...] Dans la sphère de la politique la gratitude met l'accent sur le fait que nous ne sommes pas seuls au monde. Nous ne pouvons nous réconcilier avec la variété du genre humain et avec les différences entre les hommes [...] qu'en prenant conscience, comme d'une grâce extraordinaire, du fait que ce sont les hommes et non l'homme qui habitent la terre [2] ».

Cette réconciliation a-t-elle eu lieu ? En guise de pluralité, les réseaux et les flux sont en train d'édifier une société planétaire. Angéliques, affairés et vigilants, ses apôtres sont convaincus d'incarner la résistance à l'inhumain. Mais cette alternative entre l'euphorie communicationnelle et les vieux démons est fallacieuse. Elle camoufle, sous l'édifiante apparence d'un combat primordial, la disparition de l'amitié dans la sentimentalité, l'effacement par le tourisme généralisé de la traditionnelle distinction du proche et du lointain, la victoire, enfin, du colloque mondial du même avec le même sur le monde commun et sur l'idée d'humanité que la gratitude présuppose.

Le processus suit son cours. Les événements n'ont pas fait assez événement pour ébranler l'homme moderne. Le règne du sentiment et la défaite – qui n'est peut-être que provisoire – de l'idéologie n'ont pas mis fin à l'empire du ressentiment. Inutilité du XXe siècle ?

Notes

Le dernier des Justes

1. Primo Levi, *Si c'est un homme*, Julliard, 1987, p. 138.
2. Shakespeare, *Le Marchand de Venise* (trad. Jean-Michel Déprats), Sand, 1987, p. 65.
3. Emmanuel Lévinas, « Nom d'un Chien ou le Droit naturel », in *Difficile Liberté*, Albin Michel, 1976, p. 201.
4. *Ibid.*, p. 202.

Qui est mon semblable ?

1. Claude Lévi-Strauss, *Anthropologie structurale deux*, Plon, 1973, p. 383-384.
2. Lévinas, *Difficile Liberté*, *op. cit.*, p. 232.
3. Rémi Brague, « Cosmos et éthique. La fin d'un modèle », *Acta Institutionis Philosophiae et Aestheticae*, vol. 12 (1994), p. 56-57.
4. Platon, *Timée*, GF-Flammarion, 1982, p. 144.
5. Aristote, *Politique*, Vrin, 1982, p. 40-41.
6. Cité par Georges Duby, *Les Trois Ordres ou l'Imaginaire du féodalisme*, Gallimard, 1978, p. 89-90.
7. Alexis de Tocqueville, *De la démocratie en Amérique*, Robert Laffont, coll. « Bouquins », 1986, p. 542.
8. *Ibid.*, p. 540.
9. Cité par Mariane Mahn-Lot, *Bartolomé de Las Casas et le Droit des Indiens*, Payot, 1995, p. 168.

10. Cité par Tzvetan Todorov, *La Conquête de l'Amérique*, Éd. du Seuil, 1982, p. 158.

11. Cité par Lewis Hanke, *Colonisation et Conscience chrétienne au XVIe siècle*, Plon, 1957, p. 185-186.

12. Las Casas, cité par Alain Milhou, préface à *La Destruction des Indes de Bartolomé de Las Casas*, Éd. Chandeigne, 1995, p. 49.

13. Voir Ernst Cassirer, *Individu et Cosmos dans la philosophie de la Renaissance*, Éd. de Minuit, 1983, p. 13-61.

14. Cité par Mariane Mahn-Lot, *Bartolomé de Las Casas et le Droit des Indiens*, *op. cit.*, p. 170.

15. Cité par Lewis Hanke, *Colonisation et Conscience chrétienne au XVIe siècle*, *op. cit.*, p. 196.

16. Cité par Mariane Mahn-Lot, « Las Casas et les Cultures païennes », *Le Supplément, revue d'éthique*, juin 1995.

17. Montaigne, *Essais*, Gallimard, coll. « Bibliothèque de la Pléiade », 1962, p. 203.

18. Montesquieu, *De l'Esprit des lois*, XV, V, Gallimard, coll. « Folio Essais », 1995, t. I, p. 472.

19. Lévi-Strauss, *Anthropologie structurale deux*, *op. cit.*, p. 384.

20. Pascal, *Pensées*, Léon Brunschvicg (ed.), Le Livre de Poche, 1972, p. 42.

21. *Ibid.*, p. 44.

22. Pascal, « Trois discours sur la condition des Grands », in *Pensées sur la politique*, Rivages-Poche, 1992, p. 108-109.

23. Tocqueville, *De la démocratie en Amérique*, *op. cit.*, p. 552.

24. Cité par Paul Vernière, *Lumières ou Clair-obscur*, PUF, 1987, p. 196.

25. J'emprunte cette expression à Robert Legros, « La reconnaissance sensible de l'homme par l'homme », *EPOKHE 2*, Jérôme Millon, 1991, p. 236-262. Voir aussi, de Robert Legros, *L'Idée d'humanité. Introduction à la phénoménologie* (Grasset, 1990), livre magnifique auquel ce chapitre doit beaucoup.

26. Tocqueville, *De la démocratie en Amérique*, *op. cit.*, p. 541.

27. Emilio Lussu, *Les Hommes contre*, Austral, 1995, p. 161-162.

28. *Ibid.*, p. 163-164.

29. Vladimir Jankélévitch, *Traité des vertus. Les vertus et l'amour 2*, Bordas, 1970, p. 1016.

Les prestiges du nom commun

1. Raymond Aron, *Le Spectateur engagé. Entretiens avec J.-L. Missika et D. Folton*, Presses-Pocket, 1983, p. 115.
2. Jean-Paul Sartre, *Réflexions sur la question juive*, Gallimard, coll. « Folio Essais », 1985, p. 25-26 et 30-31.
3. *Ibid.*, p. 62-63.
4. Michel Foucault, *Dits et Écrits*, Gallimard, coll. « Bibliothèque des sciences humaines », 1994, vol. IV, p. 686.
5. Sartre, *L'existentialisme est un humanisme*, Nagel, 1970, p. 18.
6. *Ibid.*, p. 21-22.
7. Pic de La Mirandole, *Œuvres philosophiques*, PUF, 1993, p. 5-7.
8. Sartre, *L'Être et le Néant*, Gallimard, 1943, p. 98-99.
9. *Ibid.*, p. 637.
10. Witold Gombrowicz, *Journal, 1957-1960*, Denoël, 1976, p. 11.
11. Sartre, préface au *Traître* d'André Gorz, Éd. du Seuil, 1958, p. 26.
12. Sartre, *L'existentialisme est un humanisme*, *op. cit.*, p. 84-85.
13. Sartre, *Réflexions sur la question juive*, *op. cit.*, p. 63-64.
14. Lévinas, *Difficile Liberté*, *op. cit.*, p. 374.
15. Lévinas, *Altérité et Transcendance*, Fata Morgana, 1995, p. 134.
16. Lévinas, *Difficile Liberté*, *op. cit.*, p. 24.
17. Lévinas, *Humanisme de l'autre homme*, Fata Morgana, 1972, p. 15.
18. Lévinas, *L'Au-delà du verset*, Éd. de Minuit, 1982, p. 223.
19. Lévinas, *Autrement qu'être ou Au-delà de l'essence*, La Haye, Martinus Nijhoff, 1978, p. 111.
20. Paul Ricœur, *Réflexion faite. Autobiographie intellectuelle*, Esprit, 1995, p. 33.
21. Roland Barthes, *Le Bruissement de la langue, Essais critiques IV*, Éd. du Seuil, 1984, p. 35.
22. Aimé Césaire, *Discours sur le colonialisme*, Présence africaine, 1989, p. 12.

23. Marx, *L'Idéologie allemande*, in *Œuvres*, t. III, Gallimard, coll. « Bibliothèque de la Pléiade », 1982, p. 1078.
24. Sartre, préface à Frantz Fanon, *Les Damnés de la terre*, Gallimard, coll. « Folio Actuel », 1991, p. 55.
25. Jacques Derrida, *Moscou aller-retour*, Éd. de l'Aube, 1995, p. 17-18.
26. Roland Barthes, *Œuvres complètes*, t. I, Éd. du Seuil, 1993, p. 755.
27. Claude Lefort, *Les Formes de l'Histoire. Essais d'anthropologie politique*, Gallimard, 1978, p. 254.
28. Foucault, « Qu'est-ce que les Lumières ? », in *Dits et Écrits*, *op. cit.*, vol. IV, p. 578.
29. *Ibid.*, p. 167.
30. *Ibid.*, p. 778.
31. Foucault, *Dits et Écrits*, *op. cit.*, vol. III, p. 163.
32. *Ibid.*
33. Foucault, « Qu'est-ce que les Lumières ? », art. cité, p. 574.
34. Sartre, *L'Être et le Néant*, *op. cit.*, p. 72.

Le Triomphe de la Volonté

1. Julien Benda, *La Trahison des clercs*, Jean-Jacques Pauvert, 1965, p. 68.
2. *Ibid.*, p. 81.
3. Benda, *La Fin de l'éternel*, Gallimard, 1977, p. 43.
4. Louis Althusser, *Lénine et la Philosophie*, Maspero, 1972, p. 7.
5. Benda, cité par Louis-Albert Revah, *Julien Benda*, Plon, 1991, p. 253.
6. Hannah Arendt, *Le Système totalitaire*, Éd. du Seuil, 1972, p. 7.
7. François Furet, *Le Passé d'une illusion. Essai sur l'idée communiste au XX*e *siècle*, Robert Laffont/Calmann-Lévy, 1995, p. 496.
8. Hitler, cité dans Norman Cohn, *Histoire d'un mythe. La « conspiration » juive et les Protocoles des Sages de Sion*, Gallimard, 1967, p. 180.
9. Adam Müller, cité par Albert O. Hirschman, *Deux Siècles de rhétorique réactionnaire*, Fayard, 1991, p. 31.

10. Joseph de Maistre, *Les Soirées de Saint-Pétersbourg*, tome second, Guy Trédaniel, Édition de la Maisnie, 1991, p. 82.
11. Odo Marquard, « La philosophie de l'histoire », *La Pensée politique*, 1, Hautes Études/Gallimard/Le Seuil, 1993, p. 215.
12. Hermann Rauschning, *Hitler m'a dit*, Le Livre de Poche, 1979, p. 318.
13. Edmund Burke, *Réflexions sur la Révolution en France*, Hachette, coll. « Pluriel », 1989, p. 283.
14. Hitler, *Mein Kampf*, cité par Philippe Burrin, *Hitler et les Juifs. Genèse d'un génocide*, Éd. du Seuil, 1989, p. 25.
15. Hannah Arendt, *Le Système totalitaire*, *op. cit.*, p. 207-208.
16. Tocqueville, *Correspondance Tocqueville-Gobineau*, *Œuvres complètes*, t. IX, Gallimard, 1960, p. 199.
17. *Ibid.*, p. 203.
18. Hitler, cité par Hermann Rauschning, *Hitler m'a dit*, *op. cit.*, p. 310-311.
19. Hannah Arendt, *Eichmann à Jérusalem*, Gallimard, coll. « Folio Histoire », 1991, p. 244.
20. Charles Péguy, *Note conjointe sur Monsieur Descartes...*, in *Œuvres en prose complètes*, t. III, Gallimard, coll. « Bibliothèque de la Pléiade », 1992, p. 1443.
21. *Ibid.*, p. 1444.
22. Himmler, *Discours secrets*, Gallimard, 1978, p. 167.
23. *Ibid.*, p. 168.
24. Hitler, *Mein Kampf*, cité par Eberhard Jäckel, *Hitler idéologue*, Gallimard, 1995, p. 72.
25. Himmler, *Discours secrets*, *op. cit.*, p. 206.
26. Ian Kershaw, « Retour sous le totalitarisme », *Esprit*, janvier-février 1996, p. 115-116.
27. G. K. Chesterton, *Orthodoxie*, Gallimard, coll. « Idées », 1984, p. 50.
28. Arthur Koestler, *Le Zéro et l'Infini*, Le Livre de Poche, p. 229-230 (je souligne).
29. *Ibid.*, p. 192 et 198.
30. Lévi-Strauss, *Anthropologie structurale deux*, *op. cit.*, p. 52.
31. *Ibid.*, p. 52.
32. Milan Kundera, *L'Insoutenable Légèreté de l'être*, Gallimard, 1984, p. 365.

33. Hannah Arendt, *Juger. Sur la philosophie politique de Kant*, Éd. du Seuil, 1991, p. 117.
34. Renan, *L'Avenir de la science*, in *Œuvres complètes*, t. III, Calmann-Lévy, 1949, p. 1030.
35. *Ibid.*, p. 883-884.
36. Hannah Arendt, *Juger*, *op. cit.*, p. 117.
37. Hannah Arendt, *Le Système totalitaire*, *op. cit.*, p. 219.
38. *Ibid.*, p. 220.
39. Barthes, *Œuvres complètes*, t. I, *op. cit.*, p. 106.

L'ironie de l'Histoire

1. François Furet, *Le Passé d'une illusion*, *op. cit.*, p. 45.
2. Péguy, *Note conjointe sur Monsieur Descartes...*, *op. cit.*, p. 1343-1344.
3. Sebastian Haffner, *De Bismarck à Hitler, une histoire du Reich allemand*, La Découverte, 1991, p. 74.
4. Raymond Aron, *Les Guerres en chaîne*, Gallimard, 1951, p. 30.
5. Homère, *L'Iliade*, XXII, 304-305, Le Livre de Poche, p. 519.
6. Ernst Jünger, *Le Travailleur*, Christian Bourgois, 1989, p. 194-195.
7. Dominique Janicaud, *La Puissance du rationnel*, Gallimard, 1985, p. 52.
8. Joseph Roth, *La Marche de Radetzky*, Éd. du Seuil, 1982, p. 124.
9. Renan, *L'Avenir de la science*, *op. cit.*, p. 883.
10. Franz Rosenzweig, *L'Étoile de la Rédemption*, Éd. du Seuil, 1982, p. 11.
11. Franz Rosenzweig, cité par Stéphane Mosès, *Système et Révélation. La philosophie de Franz Rosenzweig*, Éd. du Seuil, 1982, p. 34.
12. Renan, *L'Avenir de la science*, *op. cit.*, p. 1011.
13. Paul Valéry, *La Crise de l'esprit*, in *Variété 1 et 2*, Gallimard, coll. « Idées », 1978, p. 15.
14. Hannah Arendt, *L'Impérialisme*, Fayard, 1982, p. 239.

15. François Furet, *Le Passé d'une illusion*, *op. cit.*, p. 115.

16. Lénine, cité par Dominique Colas, *Le Léninisme*, PUF, 1982, p. 66.

17. Clausewitz, *De la guerre*, Éd. de Minuit, 1955, p. 67.

18. Raymond Aron, *Paix et Guerre entre les Nations*, Calmann-Lévy, 1984, p. 38.

19. Clausewitz, *De la guerre*, *op. cit.*, p. 66.

20. Lénine, cité dans Dominique Colas, *Le Léninisme*, *op. cit.*, p. 64.

21. *Ibid.*, p. 101.

22. Cité par Norman Cohn, *Histoire d'un mythe*, *op. cit.*, p. 141-142.

23. Jünger, *Le Travailleur*, *op. cit.*, p. 209. Voir aussi Jeffrey Herf, *Reactionary Modernism, Technology, Culture, and Politics in Weimar and the Third Reich*, Cambridge, Cambridge University Press, 1984.

24. George Orwell, *The Collected Essays, Journalism and Letters*, vol. 2, Harmondsworth, Penguin Books, 1968, p. 169.

25. *Ibid.*, p. 171.

26. *Ibid.*, p. 169.

27. *Ibid.*, p. 170.

28. *Ibid.*

29. Hannah Arendt, *Le Système totalitaire*, *op. cit.*, p. 197 (je souligne).

30. *Ibid.*, p. 195.

31. Primo Levi, *Si c'est un homme*, *op. cit.*, p. 118.

32. Varlam Chalamov, *Kolyma. Récits de la vie des camps*, I, Maspero, 1980, p. 19.

33. Alexandre Soljenitsyne, *Discours de Stockholm*, in *Les Droits de l'écrivain*, Éd. du Seuil, 1972, p. 108.

34. Primo Levi, *La Trêve*, Grasset, 1988, p. 25.

35. *Ibid.*, p. 26.

36. Michelet, *Histoire de France. Le Moyen Age*, Robert Laffont, coll. « Bouquins », 1981, p. 629.

La réparation humanitaire

1. Milan Kundera, *L'Art du roman*, Gallimard, 1986, p. 172.

2. Aleksander Wat, *Mon siècle. Confession d'un intellectuel européen*, Éd. de Fallois/L'Age d'Homme, 1989, p. 203.

3. *Ibid.*, p. 94.

4. *Ibid.*, p. 237.

5. Henri Dunant, *Un souvenir de Solferino*, L'Age d'Homme, 1986, p. 31-32.

6. Rousseau, *Émile ou De l'éducation*, Garnier, 1961, p. 260.

7. Dunant, *Un souvenir de Solferino*, *op. cit.*, p. 120.

8. Voir Alain Destexhe, *L'Humanitaire impossible ou Deux siècles d'ambiguïté*, Armand Colin, 1993.

9. Jean-Christophe Rufin, *Le Piège humanitaire*, Hachette, coll. « Pluriel », 1993, p. 62.

10. Voir Trotski, *Leur morale et la nôtre*, Éd. de la Passion, 1994.

11. Lévinas, « La souffrance inutile », in *Entre nous. Essais sur le Penser-à-l'autre*, Grasset, 1991, p. 116.

12. Rousseau, *Discours sur l'origine et les fondements de l'inégalité parmi les hommes*, GF-Flammarion, 1971, p. 198.

13. *Ibid.*

14. Michel Foucault, *Dits et Écrits*, *op. cit.*, vol. IV, p. 708.

15. Michel Serres, *La Légende des Anges*, Flammarion, 1993, p. 249.

16. Goethe, lettre à Mme Von Stein (1787), cité par Clifford Orwin, « Rousseau et la découverte de la compassion politique », *La Pensée politique*, 2, Hautes Études/Gallimard/Le Seuil, 1994, p. 114.

17. Georges Bernanos, *Nous autres Français*, Éd. du Seuil, coll. « Points Essais », 1984, p. 205.

18. Régis Debray, *L'Œil naïf*, Éd. du Seuil, 1995, p. 155.

19. *Ibid.*, p. 156.

20. Ricœur, *Temps et Récit III*, Éd. du Seuil, 1985, p. 273.

21. André Glucksmann, « La considération de l'inhumain », *in* Mario Bettati et Bernard Kouchner, *Le Devoir d'ingérence*, Denoël, 1987, p. 218.

22. Lévinas, *La Souffrance inutile*, *op. cit.*, p. 114.

23. Kundera, *Les Testaments trahis*, Gallimard, 1993, p. 279.
24. Rony Brauman, *Humanitaire : le dilemme. Entretien avec Philippe Petit*, Textuel, 1996, p. 35.
25. *Ibid.*

Des anges et des hommes

1. Henri Michaux, *Face aux verrous*, Gallimard, coll. « Poésie », 1992, p. 77.
2. Meg Greenfield, citée par Edward Behr, *Une Amérique qui fait peur*, Plon, 1995, p. 13.
3. Pierre Bourdieu, *Le Désir d'Europe*, La Différence, 1992, p. 54.
4. Julien Benda, *Discours à la nation européenne*, Gallimard, coll. « Folio Essais », 1992, p. 71.
5. *Ibid.*, p. 125.
6. *Ibid.*, p. 126-127.
7. Hannah Arendt, « Nous autres, réfugiés », in *La Tradition cachée*, Christian Bourgois, 1987, p. 58.
8. Jean Améry, *Par-delà le crime et le châtiment. Essai pour surmonter l'insurmontable*, Actes Sud, 1995, p. 85.
9. *Ibid.*, p. 84.
10. *Ibid.*
11. *Ibid.*, p. 85.
12. *Ibid.*, p. 105.
13. *Ibid.*, p. 99.
14. Albert O. Hirschman, *Défection et Prise de parole*, Fayard, 1995, p. 175.
15. Hannah Arendt, *L'Impérialisme*, *op. cit.*, p. 287.
16. Jean Améry, *Par-delà le crime et le châtiment*, *op. cit.*, p. 96.
17. *Ibid.*, p. 88.
18. *Ibid.*, p. 92.
19. *Ibid.*
20. *Ibid.*, p. 89.
21. *Ibid.*, p. 88.
22. Lévinas, « Quelques réflexions sur la philosophie de l'hitlérisme », in *Cahier de L'Herne, Emmanuel Lévinas*, Le Livre de Poche, coll. « Biblio Essais », 1991, p. 118.

23. Mario Vargas Llosa, « Cher Régis, tu sais aussi bien que moi… », *Libération*, 2 décembre 1993.

24. Nicholas Negroponte, *L'Homme numérique*, Robert Laffont, 1995, p. 13.

25. *Ibid.*, p. 245.

26. Chateaubriand, *Les Mémoires d'outre-tombe****, Flammarion, 1982, p. 587-588.

27. Michel Serres, *Le Tiers-Instruit*, François Bourin, 1991, p. 224.

28. Jean Améry, *Par-delà le crime et le châtiment*, *op. cit.*, p. 103.

29. Chesterton, *Hérétiques*, Gallimard, coll. « Idées », 1979, p. 47.

30. Pierre Nora, « Comment écrire l'histoire de France ? », in *Les Lieux de mémoire*, III, 1, Gallimard, 1992, p. 30.

31. Hannah Arendt, « De l'humanité dans de sombres temps », in *Vies politiques*, Gallimard, 1986, p. 35.

Épilogue

1. Hannah Arendt, *The Burden of Our Time*, Londres, Secker and Warburg, 1951, p. 438.

2. *Ibid.*, p. 438-439.

Table

DU MÊME AUTEUR

Le Nouveau Désordre amoureux
(en collaboration avec Pascal Bruckner)
essai
Seuil, « Fiction & Cie », 1977
et « Points », n° P423

Au coin de la rue, l'aventure
(en collaboration avec Pascal Bruckner)
essai
Seuil, « Fiction & Cie », 1979
et « Points Actuels », n° 50

Ralentir : mots-valises !
essai
Seuil, « Fiction & Cie », 1979

Petit Fictionnaire illustré
Seuil, « Point-Virgule », n° 2

Le Juif imaginaire
essai
Seuil, « Fiction & Cie » 1980
et « Points Essais », n° 149

L'Avenir d'une négation.
Réflexion sur la question du génocide
essai
Seuil, « Fiction & Cie », 1982

La Réprobation d'Israël
essai
Denoël, « Médiations », 1983

La Sagesse de l'amour
essai
Gallimard, 1984
et « Folio », n° 86

La Défaite de la pensée
Gallimard, 1987
et « Folio », n° 117

La Mémoire vaine :
du crime contre l'humanité
essai
Gallimard, 1989
et « Folio Essais », n° 197

Le Mécontemporain :
Péguy, lecteur du monde moderne
essai
Gallimard, 1991

Comment peut-on être croate ?
essai
Gallimard, 1992

IMPRESSION : S.N. FIRMIN-DIDOT AU MESNIL-SUR-L'ESTRÉE
DÉPÔT LÉGAL : JANVIER 1998. N° 33300 (41021).

Collection Points

DERNIERS TITRES PARUS

P428. L'Écrivain public, *par Tahar Ben Jelloun*
P429. Indépendance, *par Richard Ford*
P430. Les Trafiquants d'armes, *par Eric Ambler*
P431. La Sentinelle du rêve, *par René de Ceccatty*
P432. Tuons et créons, c'est l'heure, *par Lawrence Block*
P433. Textes de scène, *par Pierre Desproges*
P434. François Mitterrand, *par Franz-Olivier Giesbert*
P435. L'Héritage Schirmer, *par Eric Ambler*
P436. Ewald Tragy et autres récits de jeunesse
par Rainer Maria Rilke
P437. Histoires pragoises, *par Rainer Maria Rilke*
P438. L'Admiroir, *par Anny Duperey*
P439. Une trop bruyante solitude, *par Bohumil Hrabal*
P440. Temps zéro, *par Italo Calvino*
P441. Le Masque de Dimitrios, *par Eric Ambler*
P442. La Croisière de l'angoisse, *par Eric Ambler*
P443. Milena, *par Margarete Buber-Neumann*
P444. La Compagnie des loups et autres nouvelles
par Angela Carter
P445. Tu vois, je n'ai pas oublié
par Hervé Hamon et Patrick Rotman
P446. Week-end de chasse à la mère
par Geneviève Brisac
P447. Un cercle de famille, *par Michèle Gazier*
P448. Étonne-moi, *par Guillaume Le Touze*
P449. Le Dimanche des réparations, *par Sophie Chérer*
P451. L'Humanité perdue, *par Alain Finkielkraut*
P452. Abraham de Brooklyn, *par Didier Decoin*
P454. Les Immémoriaux, *par Victor Segalen*
P455. Moi d'abord, *par Katherine Pancol*
P456. Traité du zen et de l'entretien des motocyclettes
par Robert H. Pirsig
P457. Un air de famille, *par Michael Ondaatje*
P458. Les Moyens d'en sortir, *par Michel Rocard*
P459. Le Mystère de la crypte ensorcelée, *par Eduardo Mendoza*
P460. Le Labyrinthe aux olives, *par Eduardo Mendoza*
P461. La Vérité sur l'affaire Savolta, *par Eduardo Mendoza*
P462. Les Pieds-bleus, *par Claude Ponti*